365일간의 취재수첩

365일간의 취재수첩

펴낸날 2015년 09월 30일 초판 1쇄

지은이 임지훈
펴낸이 김광자 **북디자인** 구화정page9 **펴낸곳** 챕터하우스
출판신고 2007년 8월 29일 제315-2007-000038호
주소 서울시 강서구 화곡로68길 47, 601호
전화 070-8842-2168 **팩스** 02-2659-2168 **이메일** chapterhouse@naver.com
트위터 @chapterhouse1 **블로그** blog.naver.com/chapterhouse

ISBN 978-89-6994-015-5 03810

365일간의 취재수첩

우리에겐 꺾이지 않는 펜의 힘이 필요하다!

임지훈 지음

프롤로그

돈 때문에 펜을 꺾는다면

기자는 '진실의 전달자'라고도 불린다. 그러나 진실만을 전하는 것은 쉽지 않다. 일찍이 맹자는 "옳은 것을 옳다고, 그른 것을 그르다고 말하기 위해서는 때로 목숨을 걸 용기가 필요하다"고 말했다. 그런 측면에서 1980년대 엄혹한 시절과 지금을 비교하면 언론환경은 나아진 게 분명하다. 그러나 '드러난 폭력'이 '음습한 협잡'으로 바뀌었을 뿐 언론에 대한 억압은 현재진행형이다. 누군가가 칼을 들고 위협해 펜을 꺾으면 최소한 부끄럽지는 않으나 돈 때문에 펜을 꺾으면 수치스럽다. 어디 가서 하소연할 수도 없다. 경계할 일이다.

또 기자는 상대방 호칭에 '님'을 붙이지 않는다. 상무님은 상무로 사장님은 사장으로 부른다. 선배에게 선배님이라고 했다가 크게 혼났다. 직책과 명칭에 이미 존대의 의미가 있는데 다시 님을 붙이는 것은 과하다. 기자는 회사를 대표하는 사람이다. 상대방에게 '님'을 붙이는 것은 기자란 직업을 스스로 낮춰 부르는 격이다. 그만큼 직무의 독립성과 염결성이 요구된다. 그러나 실상은 언론사 내부나 상호간에 '님'을 붙이지 않지 사기업이나 외부 사람을 만나면 '님'을 붙여준다. 아직 한국 사회에서 호칭에 '님'을 빼는 것은 무례한 인상을 남길 수 있어서다.

필자는 사기업에서 회사생활을 하다 일간지 기자가 됐다. 국회와 정당을 출입하는 정치부 기자를 했으며 이후 사회부 기자로 있었다. 짧은 기간이었지만, 상이한 두 부서에서 기사를 썼던 경험은 기자로서 사고와 인식의 지평을 넓히는 계기를 만들어주었다.

사실 기자에게 부서 이동은 이직이나 다름없는 스트레스를 준다. 출입처가 다르니 출근하는 곳도 다르고 만나는 사람도 다르다. 정치 기사와 사회 기사는 기사를 쓰는 법도 다르다. 정치 기사가 하나의 팩트로 가지치기를 해나간다면, 사회 기사는 열 개의 팩트를 줄이고 줄여 꼭 필요한 것만 하나 남겨놓고 그걸로 기사를 쓴다. 정치 기사는 다분히 추측성 기사가 나갈 수밖에 없고, 사회 기사는 압축적이고 밀도 있으나 팩트 위주의 글쓰기가 다소 지루하다는 단점이 있다. 정치 기사는 국가를 위해 큰일을 한다는 자부심이 있다. 기사 하나가 국가의 틀을 정하기 때문이다. 그런 부분에서는 사회 기사가 좀 덜한 편이다. 또 정치부는 국회 출입이 주 업무로 보좌관과 의원들을 만나기 때문에 말을 조심하게 되고, 그러다 보니 친해지기 쉽지 않다. 반면 사회부는 시민단체, 경찰, 공공기관, 심지어 공기업 등의 사람들과 교분을 쌓을 수 있어 보람도 있고 쓰고 싶은 기사를 쓴다는 장점이 있다. 어쨌든 장단점이 뚜렷한 두 부서에서의 경험은 기자로서 많은 것을 느끼게 했다.

이 책은 필자가 새내기 기자로 활동하면서 직접 세상에 알렸던 인상적인 뉴스들과 그들의 취재 뒷이야기들을 엮은 것이다. 정치 이야기보다는 사회 이야기가 많다. 정치는 정가의 소식이나 분석 기사가 많은데 취재 뒷이야기는 있어도 말하기가 쉽지 않다. 사회 기사는 실패한 취재 경험도 있고 사정상 미처 다루지 못한 이야기도 있다. 여기 소개된 이야기 역시 실제로 지면에 실렸으면 좋았을 내용으로 기사를 재구성했다. 특히 취재 중 겪었던 딜레마, 취재 윤리와 보도 의무의 충돌은 기자에게 사회에 대한 시각과 세상을 보는 눈을 갖게 해주었다. 돌이켜 보건데, 이익이 상충할 때면 필자는 그것을 해결하는 과정에서 수많은 문제와 싸워야 했고, 그로 인해 많은 것을 깨닫게 된 것 같다. 필자의 경험담이지만, 동시대를 사는 여러분과 같은 마음으로 같은 고통을 느끼고 싶다.

2015년 9월

임지훈

차례

3. 기사 속으로 34

4. 수습생활 149

1.

기자들이 쓰는 은어,
알아볼까요

은어란 특정 집단 내에서 서로 비밀을 유지하기 위하여 독특하게 사용되는 말로, 어디에서나 그 분야만의 전문 용어가 있다. 의사들이 쓰는 처방전과 진료 기록에도 전문 용어가 있고 법률가들이 쓰는 용어 역시 따로 배우지 않으면 안 된다. 언론계도 마찬가지다. 단지 언론계는 전문 용어라기보다 은어에 가깝다. 언론계의 은어는 일본에서 유래된 말이 많아 따로 익혀두지 않으면 무슨 말인지 알 수 없는 경우도 있다. 매해 한글날이면 우리말을 사용하자고 홍보하고, 심지어 KBS는 한국어능력시험을 따로 두고 있으며 언론사 시험에 버젓이 논술, 작문이 있는데도 은어를 쓰는 것은 아이러니하다. 현장의 기자들도 모두 알지 못한다. 요즘 기자들은 덜 쓰는 편이다. 차츰 줄여나가는 노력이 필요한 듯하다. 언론계의 모든 은어에 대해서, 이 책에서의 언급이 마지막이기를 바란다.

하리꼬미

하리꼬미는 잠복 취재를 뜻하는 말이다. 실제로 현장에서 쓰이는 의미는 수습기자들이 경찰서에서 숙식하며 선배 기자에게 매일 보고하면서 취재하는 생활을 말한다. 형사들이 차 안에서 밤새며 잠복하는 것을 하리꼬미라고 하는데 거기서 나온 말이라고 보면 된다.

기자들에게 하리꼬미에 대해 물어보면 제일 먼저 떠오르는 이미지는 '개고생'이다. 필자도 6개월 수습생활 중 3개월을 하리꼬미했다. 언론사마다 다르지만 하리꼬미하는 수습기자들의 생활패턴은 단순하다. 오전 4시30분에서 5시 사이 경찰서 2진 기자실에서 기상한다. 원래는 오전 4시에 일어나야 하지만, 처음 며칠만 4시에 일어나고 그 후에는 도저히 4시에 일어날 수 없다. 일어나자마자 대충 얼굴만 씻고 형사과나 교통조사계, 강력계를 찾아가 밤새 무슨 사건이 있는지 문의한다. 사건이 없으면 택시를 타고 다른 경찰서로 이동해 똑같은 작업을 반복한다. 오전 6시에 1진 선배에게 전화를 해 사건 보고를 하는데 사건이 없으면 난감해진다. 욕설을 듣지는 않지만 고운 말을 듣지도 않으니까. 불과 10여 년 전만 해도 쌍욕을 들었다고 하는데 많이 좋아졌다고 해야 할까. 오전 6시에 첫 보고를 하면, 두 번째 보고는 8시다. 8시까지 담당하는 경찰서를 마저 다 돌고 조금 쉬었다가 다시 사건 보고를 한다. 반드시 보고할 거리가 있어야 한다. 없으면 경찰서에 찾아온 민원인을 붙들어서라도 보고를 해야 한다. 혼나는 건 누구나 싫다. 8시에 보고를 끝내면 아침밥을 먹고 마저 씻는다. 대충 9시가 되는데 한 시간 정도 경찰서 직원들과 얘기를 하며 경찰서 내의 사정을 들어본다. 10시에 선배에게 전화를 하며 들었던 일들을 보고하면, 경찰서를 돌면서 사람들과 얘기를 나누며 정보를 더 캐오라거나 아니면 따로 취재 지시를 한다. 그렇게 두 시간에 한 번씩 하루 종일 돌아다니며 묻고 듣고 기록하고 하다보면 어느새 오후 9시가 돼 있다. 그때부턴 또 경찰서를 돌며 사건을 물어 와야 한다. 그러니 계속해서 경찰서를 돌며 사건 취재를 할 수밖에 없다. 형사에게 물어서든 민원인에게 들어서든 무슨 수단이든 상관없다. 차츰차츰 눈에 독기가 서리게 되는 시기다. 새벽 1시에 마지막 보고를 하면 선배는 수고했다며 그제야 자라고 한다.

경찰서 샤워실은 원칙적으로 기자가 이용할 수 없지만 그것 역시 요령이다. 서장에게 부탁을 하든 담당자에게 사정을 하든 어떻게 해서든 방법을 알아내 샤워실에서 샤워를 한다. 여기서 주의해야 할 점이 있는데 샤워할 때 휴대폰을 비닐에 싸서 들고 가야 한다. 종종 장난기 있는 선배들이 샤워하고 있을지 빤히 알면서 일부러 전화를 하는 경우가 있다. 이때 전화를 받지 못하면 크게 혼난다. 일부러 혼내려고 전화를 한 것이기 때문에 전화벨이 3번 울리기 전에 잽싸게 받아주는 센스가 필요하다. 이때 전화를 받으면 "수습 임지훈입니다"라고 자동적으로 말해야 하는데, 하리꼬미 때 습관이 지금도 남아 있어 전화벨이 울리자마자 전화를 받는 것은 당연하고 전화를 받고서도 "여보세요"라는 말보다 "임지훈입니다"라는 말이 더 편하다. 이런저런 난관을 넘기면 잠에 든다. 샤워를 빨리 끝내고 기자실로 들어가면 타 언론사 수습기자들이 침대에서 자고 있다. 남녀구별도 없고 입고 있던 옷도 그대로 입고 잔다. 필자는 여기자 옆에서 자는 곤혹스러운 경우는 없었지만 너무 피곤해서 옆에 누가 있어도 잠은 잘 잤을 것이다. 이렇게 잠이 들며 하루가 끝난다. 토요일을 제외하고 이 생활은 계속된다.

넓게 보면 경찰서에서 먹고 자는 수습기자 생활을 하리꼬미라고 보면 된다. 핵심은 경찰서 기자실에서 잠을 자느냐이다. 집에서 잠을 자는 경우는 하리꼬미가 아니다. 생각해보면 그때 타 언론사 수습기자들과 가장 친해진 거 같다. 함께 고생을 하다 보니 정도 생긴 것이다. 언론사를 떠났지만 지금도 그때 친구들과 연락을 한다. 동지애라고나 할까.

사쓰마와리

사쓰마와리는 경찰서 출입 기자를 말한다. 단어의 뜻은 찰회(察廻)라고 해서 경찰서를 도는 것이다. 발음하기 힘들어서 '사쓰마리'라고도 하고, '마와리'만 따로 빼 '마와리돈다'라고 표현하기도 한다. 경찰서를 중심으로 사건 사고를 취재하는 기자를 말한다. 물론 경찰서만 출입하는 것은 아니다. 대학, 시민단체, 각 기관 등을 출입하며 자신의 담당 지역의 모든 것을 챙겨야 한다.

사쓰마와리 기자는 힘들다. 사건이 오전 9시에서 오후 6시 사이에 친절하게 발생해서 종료되는 것이 아니고 새벽에 일어나기도 해서다. 사건이 일어나면 현장에 출동하게 되는데 타사들과 경쟁도 해야 하니 무리해서 취재를 하곤 한다. 동시에 기사도 써야 하니 쉽지 않다. 무리한 취재는 사고를 낳는다. 타사보다 더 빨리, 더 자극적인 내용을 찾으려다 보니 탈이 난다. 확인 과정도 거치지 않고 기사화해 항의 전화를 받는다. 항의 전화로 그치면 다행이다. 심하면 소송에 휘말리기도 한다. 이해는 한다. 사실 확인을 하려면 시간이 걸린다. 확인하는 동안 타사에서 기사를 올리면 '단독'을 뺏기는 셈이니 무리해서라도 먼저 터뜨리려는 것이다. 선택은 '자신의 몫'이다. 결과도 자신이 짊어진다.

대형 재난 사고가 발생했을 때도 마찬가지다. 정부의 공식 발표만 가지고는 부족해 장례식장, 병원 등을 돈다. 자식을 잃은 아픔을 반복적으로 물어보는 것은 쉽지 않다. 행여나 '말실수'를 할까봐 조마조마하다. 타사 기자보다 더 많은 내용을 알아내기 위해 조문객에게도 물어본다. 문제는 기자들이 다 그렇게 한다는 것이다. 생각해보라. 기자들이 장례식장 여기저기서 사람들에게 물어보는 장면을. 민폐도 이런 민폐가 없다. 물어보다 보면 사자(死者)에게 불리한 내용도 듣게 된다. 한번은 '안타까운 죽음'을 기사화하려고 했는데 죽음의 장소가 알고보니 '홍등가'였던 적이 있다. '사자'의 명예를 위해 못 들은 척해야 할 것인가. 진실을 위해 그 내용도 써야 할 것인가. 불리한 내용은 빼고 기사로 쓴 기자가 있었다. 불리한 내용만을 부각한 기자도 있었다. 기사를 아예 안 쓰고 노트북을 덮어버린 기자도 있었다. 둘 모두를 쓰기는 힘들다. 야마는 하나다. 둘이 될 수 없다. 안타까운 내용만을 쓴 기자는 '사자의 명예'와 '좋은' 기사를 위해 그런 선택을 했다. 불리한 내용만을 쓴 기자는 '진실'과 '자극'을 위해 그런 선택을 했다. 기사를 킬한 기자는 기자로서의 '양심'을 지키려 했다. 즉 어떤 기사를 쓰든 중요 사실을 누락하게 되는 결과를 낳으니 처음부터 쓰지 않은 것이다. 어떤 선택이 옳은가. 아니 이걸 '옳다, 그르다'의 문제로 볼 수 있을 것인가. 생각해볼 문제다.

예전에는 '사쓰'가 '사슴'이라는 발음과 유사해 혼동하곤 했다. 이제 보니 사슴이 맞는 것 같다. 사슴의 큰 눈망울과 연약해 보이는 모습이 동정심을 유발하기 때문이다. 사쓰를 보는 타 부서 기자들도 마찬가지다. 요즘에는 사쓰 기자들을 줄이는 추세다. 사쓰가 힘들기도 하지만 사건 기사를 다루는 지면을 줄이고 있어서다. 타사보다 빠르게 보도하는 게 의미가 없어졌다. 인터넷의 등장으로 신문사가 아무리 빨라도 인터넷보다 더 빠를 수는 없어서다. 게다가 독자들도 웬만한 사건 기사는 잘 보지 않는다. 차라리 특색 있는 가게를 소개하는 것이 조회 수가 더 높게 나온다는 것이다. 인력은 줄어들고 있지만 담당 구역은 그대로다. 사건의 발생 빈도 역시 줄어들고 있지 않다. 사쓰 기자들의 고생은 커졌고 보람은 줄었다. 언론사 구조가 바뀌고 있는 과도기에 있다고 보인다.

나와바리 繩張

'나와바리'라는 말은 자주 쓰여 뜻을 알고 있는 사람이 많을 것이다. 줄 '승'자에 넓힐 '장'을 써서 줄을 던져 거기에 닿는 범위가 '자기 영역'이라는 뜻으로 이해하면 된다. 기자는 출입처가 있어서 그곳으로 출근한다. 정치부 정당팀이면 국회로, 사회부 사건팀이면 경찰서나 대학으로, 경제부면 정부 부처로 출근한다. 사쓰 기자는 여기서 물리적인 분할을 더 거친다. 흔히 '라인'이라는 단어를 쓰는데 서울을 크게 9~10개 권역으로 나누고, 그중 한두 개의 권역을 담당하는 것을 말한다. 그 권역을 라인이라고 하고, 그것은 경찰서를 기준으로 한다. 경찰서 4개 정도를 하나의 라인으로 정해, 기자실이 있는 경찰서로 출근하는 것이다. 이 의미는 4장에서 후술하겠다. 기자실은 1진 기자실과 수습 기자실이 있는데 보통 책상보다 침대가 많으면 수습기자들이 머무른다. 1진 기자실이 있는 경찰서는 기자실 환경이 더 나은 편이다. 무엇보다 책상이 충분히 많다. 1진 기자실에도 잠자는 용도로 침대가 있기는 하지만 잘 이용하지는 않는다. 수습 시절에는 1진 기자실로 가면 안 된다. 물론 갈 일도 없다. 수습 기자실이 있는 경찰서와 1진 기자실이 있는 경찰서는 다르니까. 실수로 들어가도 금세 소문이 난다. 구설수에는 오르지 않는 게 좋다. 아무튼 나와바리는 자신의 책임 영역이라고 보면 된다. 경쟁도 치열하다. 내 구역 일인데 내가 모른다면 무능하다는 평가를 받을 수도 있다.

쪼찡 提燈

쪼찡은 재밌는 말이다. 별로 좋은 말은 아니다. 남 앞에서 잘 보이려고 아부를 하거나 기사로 좋은 내용을 실어 잘 보이려는 행위를 말한다. 일본어 발음으로는 '쵸칭모치'가 맞는데 쵸칭만을 떼어 '쪼찡'으로 부르고 있다. '쵸칭'은 한자로는 제등(提燈)으로 일본식 등잔인 '초롱'을 말한다. 모치는 '갖고 간다'는 일본말이다. 즉 '초롱을 들고 간다'가 되겠다. 무슨 말인고 하니 어두운 밤에 길을 걸으려면 초롱이 필요한데 이 초롱을 들고 길을 밝혀주는 행위를 한다고 해서 그런 말이 나온 것으로 짐작한다. 재밌는 일화가 있는데 높은 분이 아랫사람들을 모아 놓고 "오늘 쪼찡 제대로 해봐라. 큰 상을 주겠다"고 말한 적이 있다. 갈고 닦은 아부 실력을 총동원하려 했지만 통하지 않았다. 이때 그분이 했던 말이 기억에 남는다. "쪼찡은 상대방이 화를 낼 때까지 하는 것이다." 크게 웃었다.

당꼬 談合

기자들의 담합 행위를 말한다. 일본어 발음으로 당고라 하는데 통칭 '당꼬'라고 부른다. 당꼬는 장단점이 있다. 시간은 급박한데 취재할 장소가 곳곳에 흩어져 있는 경우 타사 기자들과 협업을 해 각자 취재한 부분을 조합하면 훌륭한 기사가 나온다. 물론 단점도 있다. 서로 친한 기자끼리 뭉쳐서 사이가 소원한 기자에게 정보를 주지 않기도 한다. 또 특종 정신이 무뎌지기도 한다. 어차피 정보를 공유하니 독기가 사라지는 것이다. 너무 뭐라 할 것은 아니다. 인력이 부족한 점도 한몫해서다.

야마山

야마는 기사의 주제, 기사 전체를 관통하는 핵심 내용을 말한다. '산'을 뜻하는 말이 어떻게 이런 뜻으로 와전됐는지, 그 유래는 이렇다. 산을 산의 꼭대기라는 의미로 본다면, 이 부분은 이야기에 있어서 절정에 해당한다. 즉 야마는 하나의 이야기에서 가장 중요한 부분을 말한다고 볼 수 있다. 기자들은 야마라는 말을 자주 쓴다. 기사를 쓰고 있는 동료에게 "야마가 뭐야?"라고 물어보거나 횡설수설하는 후배 기자에게 "도대체 야마가 뭐냐?"는 식으로 핀잔을 주기도 한다.

꼭 기자가 아니라도 야마라는 말은 많이 쓴다. 잔뜩 화가 났다는 뜻으로 '야마가 돈다'라는 말을 쓰곤 하는데, 이때도 머리 꼭대기를 산의 꼭대기에 비유해 쓰는 말일 것으로 추측된다. 일본어이기 때문에 순화해서 쓸 필요가 있지만 입에 착 감기는 맛이 있어 필자도 자주 쓰고 있다.

도꾸다니特種

도꾸다니는 말 그대로 특종이라는 뜻이다. 기자들이 가장 하고 싶어 하는 그 특종. 실제로는 특종보다는 단독이라는 표현을 쓴다. 굳이 일본어로 쓸 때는 도꾸다니라고 말한다. 도꾸다니, 도꾸다이, 도꼬다이 모두 실제 현장에서 쓰이는 발음이다. 필자가 가장 많이 들었던 발음은 도꼬다이였다. 도꾸는 가장 하고 싶지만 가장 욕을 많이 먹는다. 취재원에게는 배신감을 느꼈다는 말을 듣기도 하고 타사 기자들에게는 "너 때문에 부장한테 혼났다"라는 질시 섞인 말을 듣기도 한다. 도꾸다니 기사는 위력이 크다. 보통 이런 단독 기사는 중요하고 파괴력 있는 경우가 많아서다. 흔한 거는 도꾸다니가 안된다. 다 알고 있는 거니까. 사회적으로 중요한 것은 협박당할 것을 각오하고 기사를 낸다. 딜레마다. 취재원 하나를 잃을 수도 있는 상황에서 기사 하나를 낸다는 것이 무슨 큰 의미가 있을까 하는 생각이 들 때도 있다. 용기가 필요할 것이다.

도꾸누끼 落種

도꾸누끼는 가슴 아픈 말이다. 한자로 낙종이라 하는데, 이 말은 타사 기자가 특종을 했을 때 특종 한 기자를 제외한 모든 기자들이 겪는 상황을 말한다. 흔히 '물 먹는다'라고 말한다. 도꾸누끼는 잘 쓰이지 않고 '물 먹는다'가 더 많이 쓰인다. 낙종은 슬프다. 내 나와바리를 챙기지 못했다는 자괴감과 데스크로부터의 질책이 이어지기 때문이다.

반까이 挽回

반까이는 비장한 말이다. 한자로 만회를 뜻한다. 무엇을 만회할까. 도꾸누끼를 만회한다. 도꾸다니로 물을 먹었으니 복수를 하는 것이다. 같은 기사를 심층 취재해서 반까이 할 수도 있고 전혀 다른 영역으로 도꾸다니 기사를 내서 복수하기도 한다. 기자는 기사로 말한다. 복수도 기사로 한다. 그런데 반까이도 요령이 있어야 한다. 지나친 복수심에 물불을 가리지 않고 덤비면 취재원으로부터 원망을 듣는다. 반까이 기사 하나 내고 눈치 보여 일주일 정도 출입처 출입을 안 하는 경우도 생긴다. 괜히 비중 없는 기사로 원망까지 들으면 얼굴이 화끈거릴 수도 있다. 섭섭한 것을 풀 때는 술을 마신다. 술을 마시며 허심탄회하게 대화를 나누다 보면 대부분 풀린다. 기자들이 알코올 중독이 많은데 이런 이유도 한몫한다.

우라까이

기사의 내용이나 핵심을 살짝 바꿔 베껴 쓰는 것을 '우라까이 한다'라고 표현한다. 신기하게도 일본어에는 우라까이라는 말이 없다. 굳이 비슷한 것을 찾자면 '우라가에스(裏反す)'로 뒤집다, 계획을 변경하다가 있다. 대부분 언론사는 연합뉴스와 전재계약을 맺고 있다. 다달이 일정액을 지불해 연합뉴스의 기사를 사용하는 것이다. 그대로 써도 되고 바꿔 써도 된다. 통신사의 특성상 거의 실시간으로 기사가 쏟아져 나오기 때문에 신문 보도에서 놓친 기사를 추려 기사화한다. 계약을 맺었기 때문에 통신사의 기사를 그대로 써도 되지만 그래도 자존심이 있으니 추가 취재를 해 보강한 기사를 내놓는다. 시간이 여의치 않으면 전화 취재를 통해 팩트 확인을 거친다. 연합뉴스에서도 가끔 팩트가 틀리곤 한다. 현재 언론사에서 이뤄지는 대부분의 우라까이는 연합 우라까이다. 별로 자랑스러운 일은 아니지만 인력이 적다보니 어쩔 수 없다.

사소하지만 알릴 필요가 있는 기사는 연합으로 대체하고 꼭 필요한 자사만의 기사는 취재를 통해 신문의 가치를 높이는 것은 윈윈 전략으로 볼 수 있다. 그래도 우라까이는 권장 사양은 아니다.

게찌

게찌는 보통 '게찌붙다'라고 사용한다. 기사에 트집을 잡는 행위를 말한다. 취재원들이 기사로 피해를 봤거나 오보라면서 항의를 하는 것을 '게찌붙는다'라고 말한다. 거의 모든 기자가 겪는 일일 것이다. 정부 정책에 대해 비판적인 기사를 쓰면 반드시라고 할 정도로 게찌가 붙는다. 공보실에서 기사의 톤을 조금 낮춰주거나 기사 내용을 수정하고 싶어서다. 필자도 자주 겪었던 일이다. 자주 겪다보니 내성이 생긴다. 비판 기사를 쓰면 '이때쯤 전화 오겠군'이라는 감이 생기는데 신기하게도 다 맞는다. 대답할 말을 준비하고 그대로 말하면 된다. 그래서 팩트가 중요하다. 팩트만 맞으면 상대방이 항의해도 항변할 힘이 생긴다. 취재가 덜되면 거센 항의를 받으며 사과를 할 수밖에 없는데 자존심이 상할 일이다.

야로

야로는 순한글이다. 왠지 일본어처럼 느껴지기도 하지만 우리말이다. 사전을 찾아보면 남에게 숨기고 있는 우물쭈물한 셈속이나 수작, 흑막이라고 적혀 있다. 같은 뜻이다. "이거 이거 뭔가 야로가 있는 것 같은데 분명 뭔가 있어"라고 보통 쓴다. 기자들은 사회를 삐딱하게 바라본다. 다분히 사회 비판적이고 음모론을 좋아한다. 안타깝게도 그런 감각이 사실인 경우가 많다. 그만큼 우리 사회가 문제가 많다는 뜻이다. 단점도 있다. 삐딱하게만 바라보고 뭔가 있을 것이다라고 지레짐작하는 경우도 많다. 그 경우 오보 기사가 난다.

킬 kill

기자들이 가장 듣기 싫어하는 말이다. 기껏 취재해서 기사로 쓰려고 하는데 기사를 쓰지 못하도록 하는 것을 '킬하다'라고 표현한다. 고생한 만큼 킬이라는 말에 대한 반감도 커진다. 단독이라 해도 킬당하는 경우가 있다. 예를 들어 가판 기사에는 실렸는데 최종판을 찍기 직전 북한에서 중대 발표를 하면 다른 기사들은 밀려난다. 지면이 없으면 삭제되기도 한다. 운이 중요하다. 운이 없으면 기사는 그대로 묻히는 것이다. 혹은 데스크에서 정권에 잘 보이기 위해 일부러 킬하기도 한다. 이럴 때는 큰 싸움이 벌어진다. 기자들은 수습시절을 제외하면 공식적으로 상명하복 문화가 약하다. 일반 사기업에서 대리 정도 연차가 언론사에서 쌓이면 발언권이 생긴다. 이때부터는 평기자도 부장에게 대든다. 필자에게는 그런 경우가 없었지만 타사에서 그런 경우를 종종 들었다. "왜 내 기사를 내렸어요!"라며 고래고래 악을 쓰는 경우도 있다고 한다. 그래도 힘은 데스크에서 가지고 있다.

마사지

마사지는 신체를 주물러서 피로를 풀어주는 행위이다. 언론사에서 마사지는 기사 내용을 수정하는 것을 말한다. 기사를 작성한 담당 기자가 하는 것이 아니라 데스크에서 한다. 기사 내용에 재미를 살리고 싶거나, 너무 어조가 강해 톤을 낮추고 싶을 때 데스크에서 기사를 '마사지한다'라고 표현한다. 편집국은 기본적으로 기사 내용을 수정할 수 있다. 그래서 일반적인 수정은 마사지가 아니다. 기사의 야마를 아예 바꿔버리거나 팩트조차 무시하고 재밌게 기사를 작성하는 조금 심한 '편집의 남용'을 마사지라고 생각하면 된다. 이 역시 분란을 일으킨다. 기자로서는 열이 받는 상황이다.

빨대

기자들이 출입처를 배정받으면 가장 하고 싶은 일이 빨대를 만드는 것이다. 빨대는 취재원 중 기자와 밀월관계에 있어 중요 정보를 흘려주는 사람을 말한다. 이해관계가 있을 수도 있고 혹은 빨대가 취재처에 원한이 있을 수도 있다. 그것도 아니면 기자와의 개인적 친분으로 빨대가 되는 경우도 있다. 중요한 것은 빨대가 있느냐 없느냐는 차이가 크다는 것이다. 출입처 직원들이 몰라야 하기 때문에 이 작업은 은밀하다. 그러나 자신에게 잘 대해준다고 빨대라고 생각하면 안 된다. 출입처에서 내보낸 스파이도 있기 때문이다. 또 엉뚱한 곳에서 빨대를 만들려다가 힘만 낭비하는 경우도 있다. 빨대를 꽂았는데 '로얄젤리'가 아니라 물만 나올 수도 있으니까.

빨대는 기자의 재산이자 힘이다. 기자가 '맨파워'라고 불리는 이유도 여기에 있다. 유능한 기자는 빨대가 있다. 이 빨대는 자식에게도 알려주지 않는다. 기자가 인맥이 넓은 이유도 기자에게 접근하는 사람이 많아서도 있지만 기자 역시 많은 사람을 알 필요가 있어서다.

뻗치기

뻗치기는 취재 행위의 일종이다. 사건이 터졌을 때 정보를 알고 있는 사람의 집 앞에서 하염없이 기다리거나, 수사 기관의 발표나 회의의 결과가 언제 있을지 몰라 끝날 때까지 밖에서 기다리는 것을 말한다. 무척 지루하고 고생한 것에 비해 건지는 게 많지 않다. 필자도 정윤회 사건이 터졌을 때 정보분실 앞에서 밤을 꼬박 샌 적이 있다. 무척 추웠다. 불도 들어오지 않은 계단에서 손을 호호 불며 잠도 자지 않고 있었다. 몸이 얼어가니 일부러 계단을 오르내리며 열을 내려고 했다. 건진 게 없어서 아쉬웠다. 당시에는 몸도 튼튼해서 감기도 걸리지 않았다. 이틀 후에 또 투입됐다.

세월호 때도 뻗치기를 했다. 당시 총리가 진도군청 군수실에 들어갔는데 나오질 않았다. 나올 때까지 기다렸다. 몇 시간 기다렸는지 감도 안 온다. 10시간은 넘었으니까. 그리고 긴급 기자회견을 한다고 해서 대부분의 기자들이 회견장으로 몰려갔다. 필자는 타사 기자에게 부탁하고 가지 않았다. 잠깐 쉬고 있는데 군수실의 문이 벌컥 열렸다. 총리가 급하게 수행원과 빠져나가고 있었다. 바로 따라붙어 질문을 쏟아부었지만 대답은 없었다. 카메라 기자 한 명이 쫓아가다 계단에서 굴러 떨어져 크게 다쳤다. 카메라가 박살나는 소리가 그렇게 큰지 몰랐다. 잠시 정적이 흘렀다. 필자도 놀라고 총리도 놀란 상황에서 퍼뜩 정신을 차리고 질문을 하자 총리는 바로 차에 타려고 달려갔다. 씁쓸했다.

새천년의 박영선 전 원내대표의 탈당 선언 후 이어진 잠적으로 본의 아니게 박 원내대표의 집골목 구경도 실컷 하게 됐다. 동네가 참 좋았던 기억이 있다. 집도 좋고 살기도 좋아 보였다. 부러

우면 지는 거라고 한다. 그냥 진 걸로 하겠다. 정치부 생활 중 있었던 재밌는 뻗치기였다.

벽치기

벽치기라고 하면 주먹으로 벽을 친다고 생각할 수 있는데 벽 너머의 대화를 엿듣기 위해 벽이나 문에 귀를 대는 취재 행위를 말한다. 정치부 정당팀이나 법조팀에서 보통 행해진다. 다소 비겁하게 여겨질지도 모르지만 공적인 사안 중 국민이 알아야 할 필요가 있는 얘기는 밀실에서 이뤄지는 경우가 많다. 정치의 은밀함 때문에 기자들이 벽치기를 하는 것이다. 투명하지 않은 정부일수록 벽치기는 횡행할 수밖에 없다. 국회에서도 기자들이 벽치기를 했는데 한 의원이 나오며 기자들이 벽치기를 하는 모습을 보고 놀라했다. 바로 이중문을 만들었다.

또 한 방송사 기자가 도청장치를 이용해 취재하다 들통난 적이 있다. 벽치기까지는 이해해줄 수 있어도 그 경우는 도가 지나쳤다고 보인다.

풀 pool

풀기사라고 하면 취재처의 보도자료가 있거나 거의 모든 기자가 알고 있는 기사거리를 말한다. 혹은 '풀해준다'라고 해서 사건 내용을 공유한다는 뜻도 있다. '풀 기자'라고 하면 특정 사안에 있어 기자들끼리 대표로 취재할 사람을 지정하는데 그때의 대표자를 말한다. 풀 기자는 취재 후 타사 기자들과 모든 내용을 공유한다. 취재의 효율성을 위해서 만들어졌다. 풀 기자는 자주 쓰인다.

총 맞다

가슴 아픈 말이다. 기자도 직장인이라 휴가가 있다. 라인 담당 기자가 휴가를 가는 경우, 그 라인을 대신 담당할 사람이 필요하다. 자기 담당 라인이 아닌 라인에서 터진 사건을 챙겨야 하는 불측의 상황을 '총 맞았다'라고 표현한다. 라인 담당 기자만으로는 부족할 때 타 라인 담당 기자를 끌어다 쓰는 경우도 마찬가지다. 총 맞는 심정일 것이다.

2.

세월호 사건을 반추하며

세월호 사건은 2014년 4월 16일에 일어난 비극이다. 필자는 사내에서 소식을 들었다. 대부분의 사건팀 기자들이 진도로 향했으며 법조, 경제팀에서도 차출돼 갔다. 필자는 후발대로 투입됐는데 주로 현장을 눈으로 보고 선배에게 보고하는 역할을 했다. 기사에 대한 부담이 없는 상태에서 현장에 하루 종일 있다 보면 그 분위기를 알게 된다. 당시 기자 입장에서 그날의 기억을 되짚어 보고자 한다.

사건 초기 일주일 정도는 세월호 유가족들과 관계자들이 언론에 협조적인 태도를 고수했다. 그들은 지푸라기라도 잡아보려는 심정이었을 것이고 전국적 관심을 불러일으켜 정부에 대책을 촉구하고자 하는 의도도 있었을 것이다. 상대적으로 쉬운 취재였다. '사연 취재'도 용이했다. 가슴 아픈 얘기들이 많이 나왔고 국민들은 공감했다.

문제는 방송에서 터졌다. 방송은 시간 관계상 인터뷰의 일부를 편집할 수밖에 없다. 편집은 가급적 인터뷰 대상자의 발언 의도에 맞게 하는 것이 원칙이다. 다소 밋밋한 인터뷰가 될 수도 있어 편집의 기술을 발휘해 자극성을 가미한다. 바로 그 과정에서 왜곡이 발생한다. 왜곡은 상처를 동반하고 상처는 반감을 낳는다. 종편과의 취재 경쟁은 서로 자극적인 기사를 내는 데 혈안이 되도록 만들었다. 세월호 유가족들은 자신들이 했던 말과 다른 의도로 방송이 나가자 분개했다. 국내 기자들과는 말을 하지 않으려 했고, 외신들과만 인터뷰 하려 했다.

취재 태도도 문제였다. CNN은 재난 사건을 취재하는데 카메라 포커스를 멀리 잡았다. 로이터 통신 역시 마찬가지. 그러나 국내 방송사는 그렇게 하지 않았다. 카메라를 얼굴에 들이밀기 일쑤였다. 그 과정에서 당사자의 동의는 생략됐다. 누군가 울고 있거나 울부짖으면 벌떼처럼 몰려들었다. 그들의 불행이 언론에는 '보도거리'에 지나지 않았다. 결국 유가족은 언론에 등을 돌렸다.

정부 관계자가 유가족들과 회의를 하기 위해 진도 팽목항에 방문했을 때는 언론에 대한 반감이 극에 달했다. 유가족들은 방송사 카메라만 보면 "치우라"며 고함을 질렀다. 한 통신사 기자가 휴대폰으로 사진을 찍자 유가족은 휴대폰을 뺏어 바다로 던졌다. 공정하지 않은 언론에 대한 불신이 낳은 불행이었다. 몇몇 방송사는 맞은편 건물 옥상에 올라가 몰래 촬영하려 했으나 그마저도 저지당했다. 언론은 국민의 '알권리'를 내세웠다.

결론부터 말하자면 당시 언론은 '알권리'를 내세울 수 없다. '알권리'는 그 상황에서 쓰라고 만든 권리가 아니다. 권력의 압력에도 굴하지 않고 자유로이 취재해 국민에게 알리는 권리가 '알권리'이다. 세월호 유가족이라는 약자에게 행사하는 권리가 아니다. 언론이 '알권리'를 주장하며 취재할 권리를 내세우는 대상은 정부여야 했다.

진도에는 다양한 부류의 사람이 있었다. 세월호 유가족, 정부 관계자, 자원 봉사자, 언론. 자원 봉사자와 유가족들은 친했다. 특히 현대삼호중공업에서 식사 봉사를 할 때에는 중공업 회사의 식사 조달량과 신속함에 혀를 내둘렀다. 무료 식사는 자원 봉사자와 유가족들을 위해 제공됐다. 사이가 좋을 수밖에 없었다. 정부 관계자는 주로 경찰이 많았다. 치안 유지와 세월호 유가족 보호를 명목으로 했지만 소요 사태 발생 시 진압의 목적이 강했다. 그만큼 유가족들은 정부를 믿지 않았다. 언론은 방관자의 입장을 견지했다.

세월호 참사에 경찰도 동정과 연민의 시선을 보냈다. 단지 그들의 직업상 의무 때문에 자신들의 할 일을 할 뿐이다. 아이들이 주검으로 발견돼 팽목항으로 들어오면 신원 확인 과정을 거친다. 신원 확인이 끝나면 유가족들은 팽목항에서 멀리 마련된 천막에서 오열했다. 우연히 천막을 지나치다 그 소리를 들었다. 천막 앞에 젊은 경찰 두 명이 정자세를 취하며 서 있었다. 그들은 소리 없이 울고 있었다. 조용히 눈물 흘리는 그들에게 시선이 갔다. 두 경찰은 고개를 숙이고 모자를 깊이 눌러 써 애써 눈을 가렸다. 부모님 생각이 났다. 안부 전화를 드렸다.

얼마 후 '다이빙 벨' 해프닝이 터졌다. 우여곡절 끝에 바지선 위에 올려진 '다이빙 벨'이 세월호 현장으로 향했다. 그러나 몇 시간 후 다시 돌아왔다. 기자들이 몰려들었다. 함께 승선했던 세월호 유가족은 불만을 털어놓았다. '다이빙 벨' 사장은 바지선에서 내리지 않았다. 기자들은 계속 기다렸다. 방송사, 신문사, 인터넷으로 매체를 나눠 대표 기자들(풀 기자)이 사장을 만나러 들어갔다. 한참을 기다려도 나오지 않았다. 다이빙 벨 투입은 실패로 끝났다. 세월호 유가족들은 또다시 절망했다.

절망이 이어지자 세월호 유가족들은 연대하기 시작했다. 대표를 정하고 대언론 창구를 마련했다. 팽목항에서 세월호 유가족들이 정부에 대책을 촉구하며 한데 모여들었다. 그때 누군가가 "청와대로 가자, 박근혜 정부 물러나라"며 외쳤다. 여기저기서 호응하는 소리가 들렸다. 그때 몇몇 유가족들이 반박했다. "당신 누구냐? 유가족이 맞느냐? 회의 때 우리는 정권 퇴진을 말하지 않았다. 우리가 원하는 것은 아이들이 돌아오는 것이다. 선동하지 말라"며 외쳤다. 정권 퇴진을 부르짖었던 남성들은 어느새 사라지고 없었다. 세월호 사건을 정치적으로 이용하려는 세력이 있을지도 모른다는 생각이 들었다. 현장에서 직접 목격한 사건이었다.

세월호 유가족들의 언론에 대한 불신은 계속됐다. 결국 유가족들이 KBS에 항의 집회를 가기에 이르렀다. KBS 기자들이 성명서도 발표하며 양심선언을 했지만 신뢰는 이미 떠나간 후였다. KBS 앞은 경찰차들로 가득했다. 어떻게 주차를 했는지 사람 하나 지나가기 힘들었다. 놀라운 주차 솜씨였다. 세월호 유가족들은 분노하며 경찰차 위로 올라갔다. 목이 터져라 외쳤지만 들리지 않았다. 소란에 묻혀 내용은 들리지도 않고 경찰차 위에 올라선 모습만 보였다.

정부 역시 언론을 기피했다. 특히 총리가 진도군청 군수실에서 머물렀을 때가 심했다. 일체의 언론 취재를 거부하며 군수실에서 나오지 않았다. 식사와 용변까지 모두 군수실에서 처리했다. 기자들은 10시간 이상을 밖에서 기다렸다. 드디어 총리가 군수실 밖으로 나왔지만 기자들의 질문에는 답하지 않았다. 언론 함구령이 내려졌는지 정부 관계자들도 입을 열지 않았다. 전 국민이 세월호로 잔뜩 예민해진 상황에서 실수 하나라도 할까봐 전전긍긍했다. 공식적인 발표만 이어졌다.

어느 정도 시간이 지나면서 세월호 사건의 열기가 식자, 기자들도 후유증을 털어놨다. 필자 역시 장례식장 취재는 꺼려졌다. 팽목항이 눈에 어른거렸고, 울고 있는 부모의 얼굴을 보면 가슴 한 구석에 죄책감이 일었다. 모 언론사에서 세월호 취재 기자들에게 PTSD(외상 후 스트레스성 장애) 검사를 받게 했다고 한다. 바람직한 조치다.

세월호 사건은 언론계에 중요한 전환점을 시사했다. 바로 재난 현장 취재 방식에 대한 반성을 낳게 한 것이다. 그 반성이 얼마나 갈지는 모른다. 언론 역시 비판의 대상이 될 수 있다. 그동안 우리 언론은 남을 비판만 하다 보니, 자신의 허물은 모른다. 아니 알면서도 애써 무시하는 경우가 많다. 누가 지적하겠는가. 그것을 지적하고 국민에게 알려야 할 언론사는 같은 업계다. 취재 방식에 대한 반성이 매뉴얼로 만들어졌으면 한다.

또 세월호 당시 네티즌들 사이에 널리 사용된 '기레기'라는 단어에 대해서도 그 치욕을 잊지 않았으면 한다. '기레기'라는 말은 그전에도 사용되어 왔지만, 세월호 사건 이후 유난히 기사 댓글에 많이 보였다. '기레기'는 '기자 쓰레기'의 약자다. '쓰레기 같은 기자'란 뜻이다. 이 말이 듣기 싫으면 '기레기'가 되지 않으면 된다. 간단하다.

국민들은 어떻게 하면 정부에 효율적으로 자신들의 주장을 관철시킬 수 있는지, 그 경험을 얻게 되었다. 그것은 연대하는 것이다. 세월호 유가족들이 따로 흩어져 있을 때는 우왕좌왕했다. 그러던 것이 그들이 연대해 대표를 정하자 정치적 힘을 발휘할 수 있게 됐다. 이후에 일어난 다른 사건이지만, 화재 사고에서 유가족들이 사건 당일 조직을 결성했던 일이 있었다. 세월호 때의 경험이 국민들에게 교훈을 준 것이다.

그러나 안전 불감증은 여전하다. 선박 종사자들에게는 경종이 됐겠지만 다른 분야는 달라진 게 없어 보인다. 나이트클럽도 오피스텔 건물도 마찬가지다. 아직 갈 길이 멀다.

3.

기사 속으로

열정페이(2014. 11. 10)

"당신이 뭔데?"

김동식 대리는 인턴사원 장그래를 향해 인상을 쓰며 대뜸 소리를 질렀다. 회사 내부 폴더 분류가 애매해 구조를 다시 짜고 파일을 정리한 대가가 김 대리의 분노였다. 고성은 계속됐다. "파악이 안 되는 게 있으면 물어보란 말이야!" 장그래는 고개를 숙이며 죄송하다는 말만 반복했다. 할 말은 많지만 인턴에게 말할 권한은 없었다. 과장의 퇴근 지시가 떨어졌다. 인턴들 스터디 모임 겸 회식에 잔뜩 기대 중인 장그래. 그 모습을 보며 김 대리는 지나가는 투로 말했다. "내일까지 정리해서 건네줘." 장그래의 얼굴이 펴질 줄 몰랐다.

만화 <미생> 5화의 한 장면이다. 프로 바둑기사 입단이 좌절된 후, 원 인터내셔널이라는 상사회사에 인턴으로 입사한 장그래의 고군분투 직장 생활기다. 직장인이라면 반드시 봐야 할 만화로 큰 인기를 모았다. 팍팍한 직장생활을 여과 없이 그려서다. 인턴이라는 불안정한 지위, 갑을 관계는 회사 내에서도 적나라하게 드러났다.

이진아(여·24) 씨는 올해 상반기 한 화장품 회사에 3개월 단기 인턴으로 입사했다. 부푼 꿈을 안고 무엇이든 하겠다는 각오로 출근했다. 그러나 첫날부터 팀 단합을 이유로 밤늦도록 술자리가 이어졌다. 1차, 2차, 3차로 이어지는 강행군에 이 씨의 체력은 바닥이 났다. 기어이 사고가 났다. 고참 사원이 술집에서 토하고 쓰러진 것. 부축하다 술주정에 맞기도 했다. 직원들은 아무도 도와주지 않았다. 그저 "너가 인턴이니까 다 처리해"라는 말만 했다. 이 씨는 버텼다. 오직 정규직 전환만을 생각했다. 총 10명의 인턴사원이 국내영업으로 입사했고 그중 절반이 정규직으로 전환될 예정이라고 했다. 이를 악물고 버틴 이 씨에게 마지막 날 회사로부터 문자가 왔다. "귀하는 정규직 전환 명단에 포함돼 있지 않습니다." 결국 2명만 합격했다. 이 씨는 배신감에 치를 떨었다. "다시는 그 회사 화장품을 사지 않겠다"고 다짐했다. 소심한 복수였다.

장진호(25) 씨는 올해 4월부터 8월 말까지 4개월 동안 한 복지재단에서 인턴으로 일했다. 입사 시 인턴의 정규직 전환에 대한 공지는 없었다. 직원들의 귀띔으로 일하는 모습을 보고 결정한다는 것을 들었다. 그때부터 전쟁이었다. 총 5명의 인턴들은 야근을 불사했다. 직원들은 인턴들끼리 경쟁을 붙였다. 뒤에서 "누가 잘하더라"라며 말을 흘렸다. 장 씨는 "그 말을 들을 때마다 가슴이 타들어갔다"며 "일로 승부를 보는 것이 아니라 선배들 눈치를 보며 시중드느라 바빴다"고 소회했다. 인턴 월급 120만 원으로 선배들에게 담배도 사다 바쳤다. 누가 시키지 않았지만 '잘 보이기 위해서'였다. 2명이 정규직으로 전환됐다. 그중에 장 씨는 없었다.

가장 섭섭했던 순간으로 장 씨는 "회사에서 3박 4일 제주도로 워크숍을 가는데 인턴은 제외했다"며 "직원들이 제주도에 가 있을 동안 우린 일했다"고 씁쓸해했다. 마지막에 "왜 보내주지 않았느냐"고 물으니 "인턴이 무슨"이었다고 한다.

국회라고 다르지 않았다. 이한모(27) 씨는 2012년 1월부터 6월까지 총 6개월 동안 국회에서 인턴으로 근무했다. 국회 사무처의 실수로 인턴으로 등록되지 않아 6개월 동안 출입증이 나오지 않았다. 출근할 때마다 방문증을 새로 받아야 했다. 심지어 인턴 등록기간이 끝나 첫 두 달 월급은 의원의 개인 사비로 지급됐다. 항의해도 소용없었다. 이 씨는 "인턴은 보통 1년 10개월을 근무한 후 그만둔다"면서 "식구라기보다 뜨내기로 취급하는 것"이라고 말했다. 그는 다행히 정규직으로 승진했다. 다만 6개월 동안 어떻게 일했는지는 고개를 흔들며 대답을 꺼렸다.

통계청은 올해 5월 전체 직장체험자 392만 1000명 중 기업 인턴을 경험한 사람은 14만 9000명(3.9%)이라고 밝혔다. 지난해 동월 기업 인턴 경험자가 16만 8000명이었던 점과 비교하면 2만여 명이 줄었다. 시간제 경험자는 지난해 252만 9000명에서 올해 270만 명으로 17만 1000명(6.8%) 늘었다. 시간제만 늘고 기업 인턴 문은 좁아졌다. 한국고용정보원은 "경기가 안 좋아 인턴도 잘 뽑지 않는다"면서 "합격한 것만으로도 감사히 여기라는 분위기"라고 말했다. 이어 "원래부터 약자였던 인턴이 경기불황과 겹쳐 그 지위는 더 낮아질 것"이라고 진단했다.

인턴의 정규직 전환은 절반 정도인 것으로 나타났다. 한국경영자총협회가 인턴 제도를 운영하는 375개 기업을 대상으로 조사한 결과, 2012년 인턴 사원의 정규직 전환 비율은 49.1%였다. 한 대기업의 인사담당자는 "회사마다 차이는 있지만 보통 인턴의 정규직 전환 비율은 절반 정도"라면서 "올해도 비슷할 것"이라고 말했다. 공공기관의 인턴 정규직 전환 비율은 더 낮았다. 기획재정부에 따르면 올 상반기 공공기관 청년 인턴은 8000여 명으로, 이중 1815명(23%)이 채용을 전제로 한 인턴이었다. 특히 국토교통부 산하 기관인 지적공사는 올해 정규직 전환율이 8%에 불과했다.

한국고용정보원은 "인턴의 정규직 전환율을 높이지 않으면 지위로부터 발생하는 불평등한 상황은 계속된다"면서 "근로감독을 강화할 필요가 있다"고 말했다. 다만 "단속은 일시적 해결책에 지나지 않는다"면서 "장기적으로 인턴과 정규직 간의 차이를 줄여나가는 입법이 해결책"이라고 강조했다.

K대 임모 교수는 "IMF 구조조정 이후 가장 손쉬운 경쟁력 강화 수단으로 노동 여건을 건드렸다"며 "임금 하락, 아웃소싱, 인턴제도 도입 등이 정착되면서 사용자 우세형 사회가 고착화됐다"고 진단했다. 이어 "이런 사회에서는 권력 관계상 하위 계층은 상위 계층의 눈치를 보며 산다"며 "불법에 대해 저항하기보다 이를 감내하도록 학습하는 것"이라고 말했다. 그는 "모두의 인식변화가 가장 근본적인 해결책이지만 노조의 노력이 중요하다"면서 "노조원이 아니라도 사회적 서비스 차원에서 인턴과 비정규직 노동자들을 보호·지원할 필요가 있다"고 당부했다.

국회 환경노동위원회 소속 새정치민주연합 의원은 "본래 인턴은 정규직으로 넘어가기 전 잠깐 거치는 수습과정을 뜻했다"면서 "그런데 지금은 단기간에 노동력을 착취하는 수단으로 변질

했다"고 지적했다. 또 "인턴들의 부당 노동행위, 인간적 모욕 등을 개선하려면 인턴 제도 자체를 손볼 필요가 있다"고 당부했다.

◈◈◈

'열정페이'가 한창 유행어로 등장할 때 썼던 기사이다. 실제 신문에 실린 기사는 이보다 분량은 적다. 당시 열정페이 관련 사례를 취재했을 때 생각보다 만연한 악질 사례를 들었다. 필자는 기사로 다루진 않았지만 일을 안주고 방치하는 경우, 혹은 개인적인 잡무까지 시키는 경우 등 극단적인 상황도 많았다. 자료를 조사하다보니 국회 자료까지 손을 뻗게 됐는데 새누리당 의원의 보도자료가 도움이 됐다. 한국경영자총협회에서도 인턴제도 운영실태조사라는 것을 보고서 형태로 냈다. 사회 각 기관에서도 열정페이에 대한 관심이 지대하다는 것을 알 수 있다. 마지막 의원의 멘트를 살린 것은 이 기사를 쓰기 바로 직전에 정치부 기자였기 때문이다. 의원들에게 전화로 물어보는 게 습관이 되다보니 자연히 관련 상임위 의원에게까지 전화하게 됐다. 실제 사회부 기사를 작성 시 단순한 멘트만 기사에 쓰기 위해 의원들에게 전화하는 경우는 드물다.

열정페이 기사를 쓴 게 2014년 말쯤인데 2015년인 지금도 당시 상황과 크게 달라진 것 같지 않다. 상황이 좋지 않을수록 열정페이 사례는 더 많아질 수밖에 없을 것이다. 딱히 해결책도 보이지 않는다. 입법으로 해결하는 수밖에 없는 듯한데, 대책은 뜬구름 잡는 게 많다. 구체적인 것들은 위헌의 소지까지 있다. 불특정 다수가 피해자인 경우 그 가해자를 특정할 수 없을 때, 최악의 상황인데도 해결책은 나오지 않는다. 열정페이가 그런 경우다.

취재원 중 몇 명은 일부러 누락했다. 취재원 자신은 보도되기를 원했으나 신원이 노출될 위험이 있었다. 아니 확실히 노출될 정도의 정보였다. 문제는 이 누락된 내용이 충격적이었고 이 부분을 보도해야 열정페이의 실상을 적나라하게 보여줄 수 있다는 점이었다. 일부러 상사에게 보고도 하지 않았다. 기사화하라고 할까봐 두려웠다. 그 취재원이 아직 취업을 하지 못한 상황에서 업계에 소문이 퍼질 가능성이 있었다. 취업한 상태여도 문제다. 회사에 기사 내용이 들어가면 그는 설 자리가 없다. 일간지 기자는 '하루살이'다. 하루 살자고 취재원의 평생을 불행으로 몰아넣을 수는 없다.

다문화 2세대 인터뷰(2014. 11. 8)

우리는 어릴 때부터 우리나라의 특징으로 단일민족 국가라는 것을 교육받아왔다. 1990년대 초반까지 이 말은 어느 정도 맞았다. 그런데 외국인 노동자가 유입되기 시작하면서 상황은 달라졌다. 농촌의 청년층 인구의 이탈로 그 자리를 외국인 여성들이 채우면서 혼혈아의 증가는 가속화됐다. 파란 눈을 가진 서양 사람들에게는 우호적이면서 동남아 사람들을 유난히 멸시하는 현재 한국의 상황은 다문화 가정으로 인한 사회 문제를 차차 수면 밖으로 드러나게 했다. 특히 다문화 가정의 대다수가 베트남, 필리핀 등 같은 동양권 국가와의 혼인이라는 점을 고려하면 다문화 가정에 대한 차별은 예상할 수 있다. 본 인터뷰는 다문화 2세대 자녀 중 이미 성인이 된 학생들을 중심으로 그들이 느끼는 상황과 애환, 사회에 대한 인식을 알리고자 함이다.

◎ 황두나 씨

어머니가 필리핀인이라고 들었습니다. 한국에는 언제 왔나요?

사실 저는 필리핀 마닐라에서 태어났어요. 제가 태어난 지 10개월쯤 지나고 어머니께서 아버지와 함께 한국에 들어와서 현재까지 한국에서 지내고 있습니다.

아버지와 어머니는 언제, 어떻게 만나셨는지요?

아버지는 필리핀에 유학을 오셨어요. 당시에 심리학을 전공하셨대요. 유학 생활하면서 YWCA(Young Women Christian Association)의 기숙사에서 머무셨고, 그때 어머니의 이모(제게는 이모할머니가 되시죠)께서 YWCA의 협회장이셨어요. 할머니께서는 타국에서 착실하게 공부하고 생활하시던 아버지를 좋게 보셨고, 집을 싼값에 대여를 해주셔서 그 집에서 살게 되었는데 마침 어머니께서도 필리핀 국립신장연구소(The Philippines National Kidney Institute)에서 간호사로 근무하시면서 할머니 댁에서 머물고 계셨던 거죠.

어머니는 한국으로 와서 어떤 일을 하셨는지요?

제가 초등학교 2학년 때쯤인가? 그때부터 몇 년 간 유치원과 학원 영어 선생님으로 일하셨어요. 지금은 그만두셨지만요. 당시에는 국제병원도 별로 없었고, 어머니께서 한국어를 지금처럼 능숙하게 구사하지 못하셨기 때문에 일자리를 구하는 것 자체에 한계가 많았죠.

어렸을 때 혼혈로 불편했던 일이 있는지요?

어렸을 때는 '혼혈아'라는 사실이 불편하게만 느껴졌고, 남들과 다른 환경에서 자라다 보니까 때로는 '나도 평범하고 싶다'라는 생각을 한 적도 있어요. 초등학교 때, 어머니들이 학교에 많이 찾아오시잖아요. 저학년 때는 학급 청소도 해주시고, 학급 일에 관여도 하시고, 어머니들끼리 친목도모도 하시고…. 학교에서 부모님 참관수업을 할 때 어머니와 함께 수업에 참여하는 친구들이 부러웠어요. 집안 형편상, 직장에 다니시느라 바쁘셨고, 아무래도 한국어가 익숙하지 않으셨으니까 외부인과의 의사소통에 많이 힘들어하셨죠. 지금은 유창하시지만요. 중학교 때 고등학교 진학상담을 할 때에도 그랬고, 저 '스스로' 해야 하는 일들이 많았어요. 두 살 터울의 남동생도 있어서 누나로서, 맏이로서 역할을 잘 하려고 노력을 했던 것 같아요. 그런데 지금 와서 생각해보니 어렸을 때부터 혼자 해결할 수 있는 일은 스스로 했고 그게 '독립심'이 되었더라구요. 지금도 타인에게 의존해 수동적으로 행동하기보다는 능동적으로 주체적으로 하는 경향이 있는 것 같아요. 또, 초등학교 때는 이국적인 외모 때문에, 제가 '혼혈아'라는 것을 안 몇몇 친구들한테 놀림을 받은 적도 있어요. 제 행동 하나하나에 '혼혈아 주제에'라는 말을 덧붙이더라구요. 수식어처럼요. 그런데 차마 부모님께는 말씀드릴 수가 없었어요. 할머니 품에서 펑펑 울었던 기억이 있어요. 나중에는 그 친구들하고도 원만하게 잘 지냈어요. 그때만 하더라도, '다문화 가정'이 흔하지 않았던 때였거든요. 제가 신기했나 봐요. 그런데 지금은 말을 꺼내지 않으면 혼혈인인지도 몰라요. 어렸을 때의 이국적인 느낌의 외모가 다 사라져서 지금은 그

부분이 아쉬워요. 진심으로요. 지금에서야 되돌아보면, 제가 다문화 가정에서 자라게 된 건 하나의 축복이라고 생각해요. 남들과 '다르다'는 건, 곧 '특별하다'는 것이니까요. 한국의 문화뿐 아니라 타 문화를 경험하다 보니까 글로벌 마인드도 생기고, 다른 사람들에 비해서 적응력도 뛰어난 것 같아요. (특히 먹는 거요. 어느 곳에서 어떤 새로운 음식을 접해도 다 잘 먹거든요.) 아까 언급한 '독립심'도 그렇고요. 저의 성장배경이 저를 성장시켜주고, 발전할 수 있게 해준 정말 소중한 자산이죠. 부모님께 정말 감사드려요. 글로벌 시대의 '다문화 가정'은 꽃이라는 생각이 듭니다.

대학생이 되었어요.

꿈이 있었으니까요. 고등학생 때의 꿈과 지금 대학생이 되고 난 후의 꿈은 무척 다르지만, 그때나 지금이나 꿈과 목표가 있기 때문에 공부를 하게 되었던 것 같아요. 고등학생 때 국제회의 통역사를 꿈꾸기도 했구요.

이제 곧 취업을 해야 할 텐데요. 혹시 취업 쪽에서 불편을 겪었던 적은 없었나요?

아직 인턴도 해본 적이 없지만, 취업할 때에 '다문화 가정'에서 자란 '혼혈'이라는 점이 앞서 말씀드린 글로벌 마인드라던가 적응력이라던가, 여러모로 이점으로 작용할 것 같아요. 저는 처음에 혼혈이라는 점이 취업에 불리하게 작용할 수도 있겠다고 생각했는데, 그렇지 않은 것 같더라구요. 한국뿐 아니라 외국계 기업에 지원을 하더라도 마찬가지로 저만의 장점과 강점으로 승화시킬 수 있는 부분인 것 같고, 요즘에는 그런 편견이 별로 없는 것 같아요. 오히려 언어적인 면이나 문화적인 면에서 강점이 있으니까요. 저는 필리핀 문화에 대해 잘 아니까 더 선호하지 않을까요. 예전에 코멘트(korment) 멘토링 프로그램의 리더십 캠프에서 모의면접을 봤었는데, 한 면접관님이 모의면접이 끝난 후에 제게 잘 자라준 모습만 봐도 뿌듯하고 고맙다고 하시더라구요. 앞으로도 꿈을 갖고 나아가라고 용기도 주셨구요. 오히려 더 좋게 봐주시는 것 같아요.

앞으로 어떤 일을 하고 싶나요?

글로벌 시대에 공용어로 사용되는 언어가 '영어'인 만큼 저의 전공을 최대한 특화시켜서 활용하고 싶어요. 국내 브랜드의 세계화라던가, 해외 브랜드의 현지화에 기여하고 싶다는 생각이 들어 무역 계통과 마케팅에 관심이 많아요. 여성이다 보니 화장품에 관심이 많아서 뷰티 마케터의 꿈도 갖고 있어요.

필리핀어가 말 그대로 모국어네요. 혹시 필리핀어를 활용해서 어떤 일을 하고 싶은 것 있나요?

창피하지만, 필리핀의 '따갈로그어'를 할 줄 몰라요. 외가 쪽 식구들과도 영어로 의사소통을 하는데요. 이번 기회에 배워야겠다는 생각이 듭니다.

외모에 관심이 많은가봐요.

화장을 열심히 하고 다녀요. 화장품을 좋아하기도 하고, 친구들에게 스킬을 알려주기도 하고, 화장품 브랜드 서포터즈 활동을 한 경험도 있어요. 사람을 만나 함께 추억을 만드는 일을 좋아해요. 어렸을 때는 내성적이었는데, 외향적인 성격으로 바뀌어서 친구들과도 잘 어울리는 편이에요.

대학교 생활하면서 혼혈로 불편한 적은 없던가요?

불편함을 느낀 적은 없던 것 같아요. 저와 친한 친구들은 제가 '혼혈'이라는 사실을 다 알고 있어요. 그런데 색안경을 끼고 보는 친구들이 한 명도 없어요. 부러워하는 친구들도 있구요. 다문화 가정이 많이 증가하고 있어서, 인식도 많이 변화한 것 같아 기분이 좋아요.

학교 동아리 활동을 하나요? 그것을 선택한 이유가 있다면?

학교활동보다는 대외활동을 더 많이 한 것 같아요. 다양한 사람들을 만나고 싶었고, 함께 많은 활동들을 하고 싶었거든요.

인상적인 대외활동이 있다면?

몇 가지를 꼽자면, 첫 번째는 한국장학재단에서 주관하는 지도자급 멘토링이에요. 코멘트라고 하는데요. 마케팅에 대해서 좀 더 다가갈 수 있었던 계기가 되었구요. 무엇보다 정규 멘토링 기간인 1년이 뜻깊은 해였어요. 1년 동안 저를 포함한 9명의 멘티들과 함께하면서 서로의 꿈을 응원하고 격려하면서 저 자신을 되돌아보고, 자극도 받고 잊지 못할 경험이었어요. 멘토는 물론 멘티들과도 지금까지 인연을 이어가면서 멘토링은 현재진행형이에요. 멘티들끼리 MT도 가고, 지금도 연락하고 따로 만날 정도로 돈독

한 사이가 되었어요. 두 번째로는 화장품 브랜드 서포터즈 활동을 한 경험이에요. 화장품을 워낙 좋아해서요. 아이섀도, 립스틱 등 사는 것도 좋아하고, 바르는 것도 좋아해요. 이 활동 역시, 마케팅의 일환이라지만 색다른 경험이었어요. 제가 좋아하는 화장품 브랜드의 행사에 참여하고, 제품 홍보하고, 팀원들과 브레인스토밍을 하면서 기획하는 것 등 학기 중에 하느라 힘들었지만, 다 재미있었어요. 팀원들이 너무 좋아서 더 즐기면서 했던 것 같아요. 전 새로운 도전을 하는 것을 좋아하는 편이에요.

지금 다문화 자녀들, 동생들에게 하고 싶은 말이 있다면?

박칼린 감독님의 에세이 『그냥…』에서 감독님께서 이런 말씀을 하시더라구요. "운명에게 그냥이란 없다. 곧 죽는다 하여도 그냥으로는 살지 말지어다." 저는 그 말이 참 와 닿았어요. 어떤 상황에 처해 있든지, 어떤 생각을 하고, 어떤 일을 하든지 그때 그 순간들이 '인연' 혹은 '기회'라는 이름으로 언제 저에게 다가올지도 모른다는 생각이 들었어요. 지금 겪고 있는 어려움이 나를 지치게 하고, 고통스럽게 할지라도 포기하지 않기를 바랍니다. 지금은 죽을 만큼 힘들어도, 그것이 자신을 발전시키고 성장시키는 원동력이 됨을 유념하고, 매순간 최선을 다하는 것이 중요하다고 생각해요. 원대한 꿈을 이루기 위해서는 더더욱! 또, 혼자가 아니라는 것! 잊지 않았으면 좋겠어요. 저 역시 우리장학재단의 사랑을 받고 있는 만큼 부모님을 비롯한 주변의 많은 분들의 넘치는 사랑이 존재한다는 사실을 항상 기억하면서 힘을 내기를 바랍니다.

◎ 김인권 씨

어머니가 일본인이라고 들었습니다.

어머니는 제 형을 낳기 1년 전인 1993년에 한국에 오셨습니다. 부모님께서는 종교 때문에 서로 만나게 되셨고 서로를 사랑하고 존중하며 저희 삼형제를 기르셨습니다. 어머니께서 처음 한국에 왔을 때는 언어적인 부분과 육아 문제로 주부로 지내셨습니다. 8년 전쯤부터 중소기업 사장들에게 일본어를 가르쳐주시다가 운좋게 사장님들 중 한분의 추천으로 자동차시트커버회사에 취직하여 일본거래처를 상대하시며 지금까지 그 회사에 다니고 계십니다.

어렸을 때 혼혈로 불편했던 적 있는지?

같은 문화권인 일본과 한국의 혼혈이라 외모가 친구들과 별로 차이가 없었기 때문에 제가 먼저 그 사실을 밝히지 않는 한 다문화 가정인 것을 알 수 없었습니다. 그래서 외적인 것보다는 일본자체에 대한 사람들의 불편한 감정 때문에 힘들었던 경험이 많이 있었습니다. 초등학교 저학년 때는 일본사람인 엄마를 소개하는 것에 큰 문제가 없었습니다. 아이들도 신기하게 보는 정도이고 부러워하는 친구들도 있었습니다. 그래서 일본음식이나 놀이들을 많이 알려주고 그랬습니다. 그러다 학년이 올라가고 수업시간 자기가족소개를 하는 도중에 저희 어머니 이름이 자신의 엄마 이름보다 긴 것을 본 아이들이 호기심 가득한 눈으로 이것저것 물어보고 조금 짓궂은 친구들은 쪽바리니 친일파니 하며 놀리기도 했습니다. 독도는 어느 나라 것이냐는 질문이 단골이었습니다. 일제강

점기라는 아픈 시절이 있었고 독도분쟁이 불거지면서 일본에 대한 감정이 좋지 않을 시기라 괜히 죄지은 듯한 기분이 들었고 창피했습니다. 한창 사춘기 예민할 때라 다음부터는 최대한 어머니의 국적을 밝히지 않았습니다. 놀림을 받은 그때는 조금 기분 나쁜 정도였지만 집에 돌아와 엄마 얼굴을 보고 얘기를 나누자 쌓인 감정이 터져 마음에도 없는 말하고 엄마에게 상처준 적도 많았습니다. 심할 때는 한국말도 못하면서 잔소리냐는 충격적인 말도 해버렸습니다. 지금 생각해보면 일본사람이라고 놀림당한 것보다 홀로 낯선 한국 땅에 와서 여러모로 고생하고 있는 엄마에게 상처준 것 때문에 더 마음이 아픕니다. 커가면서 저나 다른 사람의 혼혈에 대한 인식도 많이 바뀌고 개방적인 분위기에 지금은 거리낌없이 다문화 가정인 것을 밝힐 수 있는데, 사춘기인 동생이 아직까지 그런 것 때문에 힘들어하고 어머니와 갈등을 겪고 있는 것을 보면 답답하기도 하고 안타깝기도 합니다. 또 이런 자식들 때문에 많이 속상했을 어머니께 미안한 마음이 듭니다.

이제 대학에도 들어갔다. 힘들 때도 공부를 손에 놓지 않았다고 들었는데….

저는 고등학교 2학년 때까지 학원을 다니지 않았습니다. 학습지와 인터넷 강의로 공부를 하다가 고등학교에 진학할 때 형 따라 외고에 진학하게 되었습니다. 사회적 배려대상자 전형에 선발인원과 지원자가 딱 맞아서 운 좋게 들어갔는데 저보다 실력이 좋은 애들이 수두룩했습니다. 기본기가 부족했던 저는 학기 초 절망적인 성적에 많이 상심하였고 자신감과 자존감이 많이 떨어졌습니다. 이를 극복하려고 스스로 공부도 많이 했지만 떨어진 자존감을 높이기 위해 다문화 가정의 특징을 살려 일본어를 열심히 했습니다. 오래전부터 익숙했던 일본어라 당연히 성적이 좋았고 나도 할 수 있다는 생각에 다른 과목에도 자신감이 생기기 시작하였습니다. 그렇게 공부에 대한 두려움을 이겨내자 자신을 돌아보게 되었습니다. 고등학교 2학년 때 어렸을 때부터 좋아한 미술로의 진로를 결정하게 되었습니다. 늦은 시기에 부족한 실력을 채우기 위해 학원을 다니며 남들보다 더 열심히 공부했고, 마침내 운 좋게 입학할 수 있었습니다. 어찌 보면 다문화 가정이라는 배경이 고등학교 입학부터 슬럼프 극복까지 많은 도움을 주지 않았나 하는 생각이 듭니다.

S대 미대라고 들었다. 과를 선택한 이유는?

원래는 가구를 좋아해서 디자인과로 가려고 했습니다. 그러다 도예과 교수님과의 면담을 통해 도자기가 가진 여러 가지 매력에 빠져 공예과로 진로를 선택하게 되었습니다.

앞으로 어떤 일을 하고 싶은지?

저희 과의 목표처럼 장인이 되는 것이 꿈입니다! 자신이 선택한 분야에서만큼은 최고가 되고 싶습니다. 그와 동시에 원래 좋아했던 가구도 병행하여 저만의 개성이 담긴 작품들을 만들고 싶습니다!

일본어가 말 그대로 모국어인데, 혹시 일본어를 활용해서 어떤 일을 하고 싶은 게 있나요?

아직 거기까지는 생각해보지 않았습니다. 일본으로 여행 가면 의사소통하는 데 좋겠다 정도입니다.

몇 년 있으면 군대를 가야 해요. 걱정되는 게 있다면?

군대 얘기가 나오면 피하고만 싶어요. 군대 가서 힘들고 사고 나고 그런 것보다, 군대에서의 2년이라는 시간이 나에게 어떤 영향을 줄지 걱정이에요.

대학 생활하면서 혼혈로 불편한 적은 없는지?

혼혈 때문에 불편함을 느낀 적은 없었어요. 학교 안에는 다양한 나라에서 온 사람들도 많고 다문화라고 색안경 끼고 보는 사람도 없고요. 저 같은 혼혈을 보면 반가운 마음이 들어서 좋습니다.

학교 동아리에서는 무슨 활동을 하나요? 그걸 선택한 이유가 있나요?

학교 동아리에는 들어가지 못했습니다. 대신 제가 다닌 미술학원에서 보조강사 알바를 하고 장학재단 일을 도와주기도 하며, 또 봉사활동도 하면서 지내고 있습니다. 아르바이트를 하면서 입시 준비하는 학생들을 가르치는데, 그 아이들에게서 오히려 제가 배우는 것들이 많습니다. 그리고 다른 선생님들과 지내면서 일찍 사회생활도 경험할 수 있어서 의미 있는 일을 하고 있다고 생각합니다. 또 다문화장학재단에 장학생으로 선발되어 많은 도움을 받고 있습니다. 재료비나 등록금 등 금전적으로도 많은 보탬이 되었고 여러 가지 봉사활동과 행사에 참석하면서 책임감, 봉사정신 같은 학교에서 배울 수 없는 또 다른 것들을 배울 수 있었습니다. 특히 중고등학생들과 함께 베트남에 체험학습을 다녀온 것이 가장 기억에 남습니다. 4명의 학생들로 이루어진 조에 조장으로 활동하면서 아이들과 많은 이야기를 하고 프로그램을 진행하며 제 자신에게 많은 도움이 됐습니다.

지금 다문화 자녀들 가운데 꼬마들이 많아요. 앞으로 그 아이들이 겪을 어려움이 있을 텐데. 혹시 어떻게 이겨내야 한다든지 그런 당부하고 싶은 말 있나요?

먼저 피부색이 다르고 생김새도 다르고, 또 언어와 문화에 차이가 있기 때문에 악의든 아니든 사람들이 신기하게 보는 것은 당연하다고 생각합니다. 그렇다고 이런 차이점이 단점이라고 생각하지 않았으면 좋겠습니다. 남들과 다르다는 것은 그만큼 또 다른 특별한 것을 의미하니까요. 우리는 태어날 때부터 두 가지 언어를 할 수 있고 두 가지 문화에 익숙하며 두 가지 이름을 가지고 있으니까, 어찌 보면 축복받았다고 할 수 있습니다. 중요한 건 마음가짐입니다. 남들과 다르다 해서 부모님을 원망하고 자신을 저주하는 것은 정말 비극이라고 생각합니다. 축복받은 자신에게 감사하며 당당하게 살아갑시다! 삶에 많은 도움이 될 거예요!!

◎ 김희원 씨

어머니가 베트남에서 오셨다고 들었습니다. 재혼이시라고 들었는데 아버지와 어머니는 언제, 어떻게 만나셨는지요?

제가 중학교 때 아버지께서 베트남에 가셨어요. 사실, 방송에서 흔히 볼 수 있는 연애결혼은 아니에요. 한창 플래카드로 '국제결혼 하세요'라는 글귀가 여기저기 붙어 있을 때 그걸 보시고 베트남에 가신 거였고, 1주일 만에 돌아오셨을 때 지금의 새어머니와 결혼식을 올렸다고 하셨죠. 그렇다 보니 두 분의 나이 차이도 굉장히 많이 나요.

어머니는 한국에 오셔서 어떤 일을 하셨는지요?

새어머니는 주로 집안일을 하세요. 가끔 부업으로 집에서 하는 일들을 하시죠. 말로 설명하기가 다소 어려운데, 스마트폰 액정필름을 정리해서 비닐 안에 넣는 등의 일을 하세요. 한 번도 가게에서나 바깥에서의 일을 하신 적은 없으세요.

어릴 때 아버지가 재혼을 하셨다면 혹시 그걸로 주변에서 힘들게 했다거나 본인이 힘들었던 경험이 있는지요?

제 스스로 많이 힘들어 했어요. 특히 아버지가 베트남으로 배우자를 찾으러 간다고 하셨을 때 가장 말렸던 사람이 저니까요. 주변에서 엄마가 없다는 걸 알고 좋지 않은 시선을 보내는 것보다 외국인과 결혼하는 것을 전 더 좋지 않게 생각했어요. 그리고 저와의 나이 차이도 많지 않은 젊은 여자이다 보니 '엄마'라는 생각이 들지 않았어요. 제 스스로가 숨기고 싶어 하고 수그러드는 게 가장 힘들었어요. 자존감이 낮아졌죠.

대학생이 되었어요! 그래도 꿋꿋이 공부한 모습은 대단한 것 같아요.

남들에게 주눅 들고 싶지 않았어요. 열심히 공부해서 더 좋은 대학에 진학하게 된다면 낮아진 제 자존감을 높일 수 있을 거라 생각했어요. 다행히 원하는 대학에 진학해서 공부할 수 있게 되었죠.

선택한 과는요?

현재 베트남어과 4학년 1학기에 재학 중이에요. 지난해 베트남에서 6개월을 보내면서 한 학기를 휴학하는 바람에 학기가 어긋난 상태지요. 베트남어과를 선택하기 전에 저는 베트남에 대해서 하나도 알지 못하는 상태였어요. 위치는 어디쯤이고, 국기는 어떻게 생겼으며, 어떤 언어를 쓰는지도 몰랐어요. 새어머니가 베트남에서 오셨는데도 전혀 관심이 없었죠. 그런데 제가 진학을 고려할 때 한창 베트남으로 한국기업이 많이 진출할 계획이 있다고 했고, 그래서 관심을 가지게 되었어요. 또, 제가 베트남어과에 간다면 새어머니에 대한 이해도 높아지고 가끔 베트남어로 대화도 하면서 좀 더 가까워질 수 있겠다 싶었어요. 그래서 베트남어과로 진학을 하게 되었어요.

앞으로 어떤 일을 하고 싶어요?

현재 취업을 앞두고 있는 학생으로 장래에 대한 고민이 정말 많아요. 그래서인지 가장 어려운 질문이네요. 다양하게 관심도 많고, 관심이 많은 만큼 뭘 준비해야 될지를 몰라서 막막해하기도 해요. 많은 분야에 관심이 있는데, 그중에서 외국과 교류하는 일에 관심이 많아요. 현재 베트남어를 전공하고 있지만, 이중으로 경영을 전공하고 있어요. 지금 배우고 있는 과목 중에 국제 경영이란 과목에 흥미를 느끼고 있어요. 아직은 배우는 단계라 거창하게 말하기가 너무 어렵지만 앞으로 무역회사나 또는 일반 기업에 취업한다고 해도 외국으로 진출하는 기획 부서에서 일하고 싶습니다.

베트남어를 잘하실 것 같은데 혹시 베트남어를 활용해서 어떤 일을 하고 싶은 게 있나요?

사실, 베트남어는 잘하지 못해요. 베트남에 6개월 다녀오긴 했지만 한국에 오는 순간 까먹게 되더라구요. 일상적인 대화 정도 알아듣고 말하는 것만 가능해요. 학부생으로 할 수 있는 한 열심히 배우고 있는 단계예요. 베트남어를 활용하게 된다면 앞서 말했듯이 베트남으로 진출하는 한국기업에서 기획 일을 하고 싶어요. 아직까지는 베트남에 가서 일을 하고 싶다라는 생각은 한 적이 없어요.

대학교 생활하면서 다문화 가정이라는 점 때문에 불편한 적은 없었는지?

대학교 생활에서 다문화 가정이라는 것이 불편한 적은 없었어요. 오히려 일상생활에서 주변 시선이 좋지 않거나 제가 다문화 가정인 걸 모르는 사람들이 다문화 가정에 대해서 험담할 때 외에는 불편함을 느끼고 있지 않아요.

학교 동아리는요? 또 그것을 선택한 이유가 있나요?

학교 동아리는 하고 있지 않아요. 지난해 봉사활동단체에 속해서 활동을 잠시 했었는데요. 물론 외부단체였어요. 안타깝게도 봉사단이 와해되는 바람에 짧은 시간밖에 있지 못했어요. 대학생들이 많이 이용하는 캠퍼스라는 곳에서 봉사단체를 알게 되었는데, 문화 봉사단이라는 타이틀이 흥미로웠어요. 단순히 돕기만 하는 봉사가 아닌 다른 사람을 즐겁게 해줄 수 있는 봉사라고 생각했거든요. 제가 나온 후, 지금은 이 봉사단체가 다시 활발히 활동하고 있는 걸로 알고 있어요.

학교에서 인상적인 경험이 있다면?

안타깝게도 인상적인 활동이 없네요. 이래서 경험이 중요한가 봐요. 가장 기억에 남는 건 1박 2일로 군부대에 MT를 간 거였어요! 군부대를 그렇게 들어가 본 것도 처음이었고, 대학 MT 이후 많은 사람들과 먹고 즐기면서 즐거운 시간을 보냈었어요. 그게 가장 기억에 남네요.

지금 다문화 자녀는 어린 학생들이 많아요. 앞으로 그 아이들이 겪을 어려움이 있을 텐데. 혹시 어떻게 이겨내야 한다든지 그런 당부하고 싶은 말 있나요? 특히 아버지가 재혼하셨으니까 아버지와의 관계, 어머니와의 관계, 그런 부분에서 조언을 한다면?

가장 어려움이 많은 부분은 아무래도 언어적인 측면이지 않을까 싶네요. 또, 다문화 가정의 자녀라는 이유로 친구들의 고까운 시선들을 견뎌내기가 많이 힘들 거 같아요. 그들의 시선을 무시하라고 하는 건 너무 말뿐인 얘기인 거 같고, 스스로가 당당했으면 좋겠어요. 저 역시 이런 말을 할 만큼 아직 당당하지는 않지만 생각해보면 다문화 가정의 장점이 꽤 있어요. 그 친구들에게 이런 다문화 가정의 장점을 알려주고 스스로가 당당해지라고, 그 어려움 앞에서 너무 주눅 들지 말라고 격려해주고 싶네요. 재혼한 다문화 가정의 자녀로서 관계는 정말 어려운 거 같아요. 사실, 다문화 가정이 아닌 국내 재혼 가정도 관계는 굉장히 어렵거든요. 저같이 나이 차이가 많이 나지 않는다면 더 어렵겠죠. 서로를 이해하는 게 첫 단계인 거 같아요. 서로 이해하지 못한다면 그다음 단계로 나아갈 수 없어요. 좀 더 자세하게, 좋은 말을 하고 싶지만 저 역시도 아직은 어려움이 많아서 조언을 하기에는 부족한 것 같습니다.

◎ 정유나 씨

어머니가 베트남에서 오셨다고 들었습니다. 재혼이라고 들었는데 아버지와 어머니는 언제, 어떻게 만나셨는지?

어머니와 아버지께서는 2006년 결혼하셨습니다. 사실 두 분은 국제결혼으로 만나셨습니다. 그 당시 농촌에서는 결혼 적령기가 되었지만 아직 미혼인 남성들이 많아 국제결혼을 많이 광고하고 있었고, 아버지께서는 당신 혼자 세 아이를 돌보기에는 어머니의 빈자리가 너무 크다고 국제결혼을 생각하게 되셨습니다. 처음에 저희 형제들은 크게 반대했었습니다. 그때까지만 해도 국제결혼에 대해 부정적인 시각이 존재했었고, 솔직히 말하면 부끄럽다는 생각도 했었습니다. 하지만 아버지께서는 저희를 설득하고자 계속 노력하셨고, 결국 저희는 지금의 새어머니를 받아들였습니다.

어머니는….

어머니는 한국에 오신 후, 별다른 직업을 갖지는 못했습니다. 그저 어머니로서, 아내로서 저희 집에 적응하고자 노력하셨습니다. 아버지께서 농업에 종사하시기 때문에 다른 직업을 가지시기보다는 아버지의 일을 많이 도우셨습니다.

어릴 때 아버지가 재혼을 하셨다면 혹시 그걸로 주변에서 힘들게 했다거나 본인이 힘들었던 경험이 있는지?

여기에 대해서는 할 말이 많을 것 같습니다. 사실 저는 지금의 새어머니와 만나기 이전에 두 분의 새어머니가 더 계셨습니다. 물론, 그때도 새어머니와 적응하며 살아가기 힘들었고, 그분들을 어머니라 인식하기까지 많은 시간이 걸렸습니다. 그 시기 동안 친어머니를 많이 그리워하기도 했었습니다. 하지만 베트남 사람인 지금의 새어머니와 아버지께서 재혼하셨을 때는 정말 힘들었습니다. 일단, 저와의 나이 차이가 얼마 나지 않아 어머니라 부르는 것 자체가 어색했습니다. 새어머니는 오빠와 세 살 차이에요. 저와 오빠가 네 살 차이인 것을 굳이 감안하지 않더라도 매우 적은 나이 차이죠. 그래서 저는 처음에 이분을 어머니라 불러야 하는가에 대해 많이 고민했던 것 같습니다. 또 다른 나라에서 오셨기 때문에 문화적인 차이도 많았습니다. 음식부터 의사소통까지 무엇 하나 편안한 것이 없었습니다. 하지만 제가 가장 힘들었던 이유는 무엇보다 바로 주변의 시선이었습니다. 사실 저만 해도 처음 아버지께서 국제결혼을 하신다 했을 때, 무조건 반대했던 것처럼, 많은 사람들이 저희 어머니와 아버지를 부정적인 시각으로 보았습니다. 특히나 제가 어머니와 함께 외출할 때면 많은 사람들이 어머니를 좋지 않은 시각으로 바라보셨고, 친구들에게 어머니에 대해 말을 할 때도 적지 않은 수근거림과 비난을 받기도 했었습니다. 하지만 이런 수근거림과 비난에 주눅 들곤 했던 예전과는 달리, 지금은 저희와 같은 다문화 가정을 바라보는 시각이 많이 좋아졌고, 저 또한 그런 수근거림과 비난에 당당히 맞설 수 있는 자신감을 갖게 되었어요. 지금은 제 삶에 만족하고 있답니다.

꿋꿋이 홀로 선 것 같습니다.

어릴 때부터 책을 읽고 무언가를 배우는 것을 좋아했었던 덕분에 좋은 성적을 낼 수 있었습니다. 다만 공부를 포기하고 싶었다거나, 엇나갈 수 있었던 순간에도 제가 똑바로 버틸 수 있었던 이유는 오히려 저의 가정환경 덕분이었던 것 같습니다. 제가 조금만 잘못된 행동을 하여도 많은 사람들이 그 이유를 저의 가정환경 탓이라 짐작하였고, "엄마 없이 자라서 그래"라던가 "엄마가 한국 사람이 아니잖아" 등의 말을 서슴없이 하곤 했습니다. 그런 비난이 듣기 싫었기 때문에 저는 남보다 더 열심히, 잘 하기 위해 노력했었던 것 같습니다.

과와 학년은요? 그 과를 선택한 이유는?

저는 베트남어과 2학년 학생입니다. 제가 이 과를 선택한 이유는 어머니에게 있습니다. 앞서 말씀드렸듯이 어머니는 베트남 사람입니다. 제가 처음으로 베트남어과에 관심이 생긴 것은 어머니의 언어인 베트남어를 배우고 싶다는 생각 때문이었습니다. 당시 어머니는 한국어를 유창하게 하지 못하셨고, 저희 가족은 의사소통 과정에 있어 많은 어려움을 겪었습니다. 저는 어머니와 더욱 자유로이 의사소통을 하고 싶었고, 어머니의 나라에 대해 더 알고 싶어졌어요. 그래서 베트남어과를 지원하게 되었습니다.

앞으로 어떤 일을 하고 싶어요?

저의 장래희망은 매우 소박합니다. 앞서 말했듯이 저는 어머니의 나라에 대한 궁금증으로 베트남어과에 관심을 갖기 시작했습니다. 하지만 제가 베트남어과를 선택한 결정적인 계기는 따로 있습니다. 저는 어머니를 포함한 많은 이주 여성들이 다문화 가정으로서 겪는 어려움을 바로 옆에서 지켜보았습니다. 주변의 안 좋은 시선들은 물론, 가정에서도 많은 괄시와 폭력 등에 노출된 그들을 바로 옆에서 지켜볼 수 있었던 것입니다. 이 수많은 갈등과 무시의 원인 중 가장 큰 이유는 의사소통이 제대로 되지 않았기 때문이었습니다. 저희 어머니 또한 의사소통 문제로 가장 힘들어 하셨습니다. 그래서 저는 제가 베트남어를 배워 이러한 이주 여성을 위한 상담, 구원 프로그램을 지원하고 의사소통 문제에서 발생하는 갈등의 사전적 예방을 위해 한국어 교육이나 한국 문화 교육 프로그램을 제공하고 싶었습니다. 사실 베트남어과에 진학한 후,

저의 이러한 꿈이 이루어질 수 있을까에 대해 많이 고민하고 있지만, 아직도 저의 꿈은 변함이 없습니다.

대학 생활과 다문화 가정, 불편한 점은 없었는지?

아니요. 오히려 저는 대학교 생활을 하면서 제가 다문화 가정이라는 점이 무엇보다 감사했습니다. 외국어를 배움에 있어 남들보다 훨씬 좋은 환경을 가졌다는 점에 감사했습니다. 저의 동기들이 사전을 검색하며 열심히 알아보고 공부해야 할 때, 저는 어머니께 전화 한 통화로 문제를 해결할 수 있었습니다. 제 바로 옆에는 과외 선생님 같은 사람이 있는 것이었지요. 또, 다문화 가정이라는 이유로 많은 복지 혜택을 받을 수 있었고, 장학재단에서 장학금도 받고, 많은 프로그램에 참여할 수 있었습니다. 저는 오히려 대학 생활을 하며 저의 환경에 감사하고 만족함을 느꼈으며, 자부심을 가질 수 있었습니다.

다문화 자녀들을 위한 조언 부탁합니다.

사실 저는 다문화 가정의 자녀들이 그들이 다문화 가정의 자녀이기 때문에 많은 어려움을 겪을 것이다, 조언이 필요할 것이다라고 생각하지 않습니다. 그만큼 다문화 가정에 대해 사회가 관대해진 덕분이기도 하지만, 저는 다문화 가정이라는 것이 굉장히 큰 혜택이라고 생각합니다. 특히나 지금과 같은 글로벌 시대에는 더욱 큰 혜택이겠죠. 물론, 저처럼 재혼인 가정의 경우는 많은 어려움을 겪을 수 있습니다. 문화적 차이가 가장 큰 예이겠죠. 하지만 이러한 갈등과정에서 우리는 자연스럽게 타국의 문화를 접하고 적응할 수 있습니다. 자신들이 조금만 더 노력한다면 제2외국어를 배우는 것도 어려운 일이 아닙니다. 다문화 가정인 우리들은 별다른 노력 없이도 남들보다 글로벌 사회에 한 발 더 앞서 있습니다. 갈등이야 적응과정, 배움의 과정에서 필수불가결하게 발생하는 것입니다. 이것을 극복한다면 우리의 삶은 훨씬 다양하고 재미있어질 것입니다.

◈◈◈

먼저 고백할 것이 있다. 취재 전 예단이 있었다. 다문화 가정은 '으레 힘들 것'이다. 혹은 '비뚤어진 생각을 갖고 있을 것이다'란 편견이다. 실제로 많은 학생들을 만나보면서 느꼈던 점은 생각 외로 평범하다는 것. 즉 다문화 가정에 대해 멸시해서도 안 되지만 필요 이상의 동정 역시 금물이라는 점을 알아야 한다.

그들은 밝았다. 모진 풍랑을 헤친 나무처럼 굳세고 튼튼한 마음을 가지고 있었다. 웬만한 말에는 흔들리지도 않는단다. 면역이 돼서다. 그들의 이야기를 들었을 때 씁쓸하지만 한편으로 대견하다는 생각도 들었다. 물론 홀로 선 것은 아니다. 특히 다문화 가정에 대한 재정적 지원이 필수적인데 이 부분은 각종 재단의 노력이 크다. 장학재단 프로그램을 통해 비슷한 환경의 친구들을 많이 알게 되고 서로 위안도 얻을 수 있다고 한다. 드러나지 않지만 사회에 도움이 되는 활동이다.

인터뷰 중 집중적으로 다루고 싶었던 것은 '취업'이었다. 이 부분은 유의미한 통계를 구할 수 없었는데 학생들의 전문에 따르면 다문화 가정이라고 불이익을 받는 것은 없다고 한다. 면접에서 불이익을 받을 수 있다는 염려가 현실과는 다르다는 것을 느끼게 한다. 실제로 모 대기업 인사담당자에게 물어봤을 때 서류상 불이익은 없다고 했다. 면접은 토종 한국인이라도 장담하지 못하는데 어찌 알 수 있겠냐는 대답을 들었다. 취업난이 극심한데 그런 걸 따지고 있기 힘들 것이다.

장애인이라는 표현이 어감상 좋지 않아 '장애우'라고 부르자는 운동이 10여 년 전 있었다. 그러나 실제 장애인을 만나 물어보면 '장애우'라는 단어에 거부감을 비쳤다. 장애인이라는 단어가 어감상 좋지 않은 것은 비장애인의 입장일 뿐이다. 장애인이라는 단어를 그대로 놔두라고 한다. 말만 친구라고 바꾸지 말고 정책으로 보여달라는 뜻도 덧붙였다. 우리는 어쩌면 우리 자신의 입장에서 상대방을 바라보고 상대방이 무엇을 필요로 하는지 상대방이 어떤 생각을 하는지 판단하고 있는지 모른다. 진정 상대방의 입장이 돼 판단하는 것이 아니라 나의 입장에서 판단하는 것이다.

나의 시선으로 상대방을 비춘다. 애완견에게 염색하는 것을 동물학대라고 말하는 사람이 있다. 그걸 어찌 아는가. 그저 우리의 판단에 지나지 않는다. 개와 아이를 같이 두면 정서 발달에 좋다고 생각하는 부모도 있다. 미국에서는 매년 개가 아이를 물어 죽이는 사건이 발생한다.

결국 자신을 '타자화'하는 것은 불가능에 가깝다. 그래도 최소한 하나는 할 수 있다. 사람이면 물어보면 된다. 그 정도는 최소한의 의무다.

난방비 0원의 진실(2014. 11. 7)

서울 노원구 영구임대아파트에 사는 김모(80·여) 씨는 1년 내내 보일러를 틀지 않는다. 매달 20만 원 정도 나오는 기초연금이 수입의 전부라 월 임대료와 생활비를 대기도 빠듯하다. 20년 전 남편과 사별하고 8평 남짓한 집에서 혼자 지낸다. 장성한 아들이 있지만 공사장 인부로 일하고 있어 자기 살기도 벅차다. 김 씨는 5년 전 갑상선에 문제가 생겨 수술을 받는 통에 일도 못하고 가진 돈도 모두 썼다.

곧 한파가 닥치겠지만 김 씨의 난방 장비는 전기장판이 유일하다. 전기장판으로 겨울을 날 때 드는 전기요금은 월 1만 원 남짓. 취약계층 전기료 지원제도가 있어 그렇다. 보일러를 틀었을 때 나올 난방비 10여만 원과 비교하면 '보일러 없는 삶'은 선택이 아닌 필수다. 지난겨울에도, 이번 겨울에도 김 씨네 난방비는 계속 '0원'일 수밖에 없다.

독거노인 황모(80) 씨는 서울 강서구 가양5단지 영구임대아파트에 살고 있다. 가족으로 손자가 하나 있지만 연락이 끊긴 지 오래됐다. 기초연금과 폐지 주워 번 돈으로 생계를 유지한다. 황 씨도 올해 보일러를 틀 계획이 없다. 보일러 대신 전기장판 온도를 최고로 올린 다음 이불을 돌돌 말고 잔다. 임대아파트를 관리하는 SH공사 측은 "황 씨가 3년 전부터 치매 증세를 보이고 있지만 보일러만큼은 실수로라도 트는 일은 없다"고 전했다. 황 씨의 지난달 난방비도 0원이었다.

배우 김부선(53·여) 씨의 폭로로 '아파트 난방비리'는 사회적 문제가 됐다. 먹고살 만한 사람들이 합당한 이유 없이 공짜 난방을 누린다는 사실에 많은 이들이 분노했다. 이에 SH공사는 임대아파트의 '난방비 0원' 3030가구를 조사했다. 그 결과 70.5%인 2135가구는 계량기가 멀쩡했는데 김 씨와 황 씨처럼 돈이 없어 정말 난방을 안 한 경우였다. 우리가 분노했던 난방비 0원의 이면에는 가슴 아픈 '0원'이 더 많았다.

국회 국토교통위원회 새누리당 의원이 SH공사에서 받아 7일 공개한 자료를 보면 지난해 10월부터 올 3월까지 6개월 간 SH공사가 관리하는 임대아파트 14만 3598가구(분양위탁 단지 제외) 중 3030가구(2.1%)의 난방비가 0원이었다. 이 가운데 2135가구는 전기장판·전열기 등 개별 난방기기를 사용하며 보일러를 전혀 틀지 않은 경우였다. 집에 사람이 없어 난방비 0원 사유를 확인할 수 없는 '부재 미확인'이 443가구, 고의로 고장 냈을 가능성이 있는 '계량기 결함'이 222가구다.

SH공사 주택관리팀 관계자는 "전수조사를 해보니 난방비 0원 가구의 상당수가 전기장판과 전열기로 난방을 대체하고 있다"며 "취약계층 전기료 지원 등을 감안하면 그게 상대적으로 저렴하기 때문"이라고 설명했다. 그는 "입주민과 관리업체의 유착으로 난방비가 부과되지 않은 가구는 없었다. 10평 이하가 대부분인 영구임대아파트에서 입주자들은 방 1개를 전기장판으로 버티면서 난방기 밸브를 아예 잠그거나 난방온도를 가장 낮게 맞추는 경우가 많다"고 덧붙였다.

노원구 대형마트에서 전기기구를 판매하는 김모(45·여) 씨는 "이달 들어 날씨가 추워지면서 전열기를 찾는 사람이 하루에 10명 정도 오는데 대부분 노인들"이라며 "가스 난방비가 비싸다 보니 감당할 수 없어 전기장판을 사용하는 것"이라고 말했다.

한편 김부선 씨의 폭로로 불거진 난방비리 수사는 지지부진하다. 서울 성동경찰서에 따르면 수사 대상인 16가구 가운데 극소

수만 '난방비 0원' 사유를 입증했다. 나머지 가구는 한 달 이상 묵묵부답인 상태다. 성동구청은 김 씨가 사는 아파트의 실태를 조사해 월 난방량이 '0'인 건수가 300건, 난방비가 9만 원 이하인 건수가 2398건이라고 경찰에 통보했었다.

◈◈◈

'김부선 씨 난방비 사건'을 기억하고 있을 것이다. 정확히는 '아파트 관리비 비리 사건'이라고 볼 수 있다. 어느 날 서울 모 아파트에서 반상회가 열렸다. 그러나 갑자기 반상회는 소란스러워졌고 전 부녀회장과 한 여성이 몸싸움을 벌이게 된다. 이 여성은 배우 김부선 씨. 같은 아파트에 살고 있는데도 어떤 집은 난방비가 80만 원 나오고 어떤 집은 단 한 푼도 나오지 않았다고 한다. 보통 아파트 난방비는 공동으로 사용하기 때문에 사용한 만큼을 낸다. 세대마다 측정이 어렵다면 전체 사용량에서 세대별로 나눠 균등하게 낸다. 만약 누군가가 한 푼도 안낸다면 나머지 금액을 다른 사람들이 나눠서 지불해야 된다.

이 아파트에서 어떻게 난방비가 0원인 집이 나올 수가 있느냐고 문제 제기를 한 김부선 씨는 이날도 이 문제를 따지려다 전 부녀회장과 다툼이 벌어졌다. 처음 단순 폭력사태로 시작했으나 차츰 아파트 비리가 드러났고 결국 국가가 나섰다. 기사를 쓸 당시는 아직 결론이 나지 않은 상태였다. 현재 성동구청의 조사 결과 다수의 비리가 드러났다. 이 중에는 수사가 필요한 것도 있다고 한다. 본 기사는 이런 배경으로 난방비가 0원으로 나온 가구를 수소문해 인터뷰하고 낸 기사다. 다른 비리를 잡기 위해 시작한 취재였는데 막상 취재하고 나니 사회 약자들의 고달픔만 느낄 수 있었다. 특히 영구임대아파트를 직접 찾아가 경로당을 이 잡듯이 뒤졌다. 경로당에서는 해당자를 찾기 쉽지 않았다. 다섯 군데를 더 방문하고 나서야 한 명을 찾아낼 수 있었고 다시 네 군데를 더 돌아다닌 후에야 나머지 한 명을 찾을 수 있었다.

미담기사는 쓰기 쉽다. 좋은 일을 알리면 보람도 있다. 그러나 이런 기사는 취재가 어렵다. 해당자를 찾기도 찾고 나서도 문제다. 신원을 숨기는 것은 기본이고 기사 내용 역시 손을 봐야 한다. 신원이 드러날 수 있어서다. 기사화를 거부하는 경우도 많았다. 시의성이 있는 기사라도 취재원이 원하지 않으면 기사를 낼 수 없다. 끊임없이 설득하며 가치 있는 기사라는 것을 어필해야 한다. 여러모로 취재도 힘들었고 기사를 쓰면서도 씁쓸했다.

고학력 부하 VS 저학력 부장(2014. 11. 20)

중국의 한 명문대 법학과를 졸업한 이영인(여, 25) 씨는 지난해 한 건설사에 입사했다. 제이피 모건, 도이체 방크 등 유명 은행의 입사 제의가 있었지만 조국을 위해 일하고 싶어 한국 회사를 택했다. 열정과 의욕이 넘쳤던 그였지만 암초가 있었다. 부장이 사사건건 훼방을 놓았다. 지난해 11월 부장은 이 씨에게 자회사 부당거래 관련 보고서를 작성하라고 했다. 이 씨는 공정거래법을 적용해 보고서를 만들었다. 그러나 부장은 다짜고짜 상법을 적용하라며 퇴짜를 놓았다. 이 씨가 항의하자 돌아오는 부장의 대답은 거칠었다. “내가 여기서 근무만 20년 했다. 당연히 내 말이 맞지. 어디서 대드냐”며 몰아세웠다. “해외대가 대수냐. 잘난 체하지 마라. 어디서 날 무시하냐”며 면박주는 것을 멈추지 않았다. 이 씨가 옳았음에도 그날만 해외대 소리를 20번 넘게 들어야 했다. 나중에야 부장이 고졸 출신인 것을 알았다.

최근 청년 취업난이 극심해지면서 직장 내 학력 인플레로 인한 갈등이 드러나고 있다. 예전에는 고학력자들이 가지 않았던 현장 위주의 직장이나 연봉이 낮았던 공단·공사도 지금은 명문대 출신들도 들어가기 힘든 직장이 됐다. 바늘구멍을 뚫고 입사에 성공한 청년들은 화려한 스펙을 보유했다. 영어는 물론이거니와 제2외국어 능통자, 각종 자격증과 해외 연수 경험까지 없는 게 없다. 1980년대 고도 경제성장기 시절 '기업을 골라 갔던' 기성세대들로서는 생소한 광경이다. 뛰어난 부하들이 입사하면서 불편한 점도 늘었다. 부하가 자신보다 많이, 자신의 결정에 '반기'를 드는 경우가 생겼다. 상사로서의 권위로 찍어 누르지만 팀내 분위기만 점점 안 좋아졌다.

상명하복과 효율성을 특징으로 하는 관료제는 처음 정부 관료들에게만 사용되었지만 점차 일반적인 대규모 조직에까지 확대되었다. 지금은 거의 모든 조직이 관료제적 특성을 따른다. 단점도 있었다. 그 사람이 얼마만큼 일을 잘해낼 수 있는지 여부보다 연차가 어떻게 되느냐가 직급을 결정했다. 이와 관련하여 로렌스 피터(Laurence J. Peter)는 "관료적 위계 서열 조직체 안에서는 모든 구성원들이 자신의 무능 수준까지 승진한다"면서 관료제의 문제점을 지적했다. 막스 베버(Max Weber)는 관료제가 명백한 권위의 위계구조를 내포하고 있다고 보았다. 이 씨의 경우도 상사의 무능과 권위가 결합해 발생한 문제다.

학자들은 환경의 변화와 더불어 계층제적 권위를 행사하는 상급자가 하급자에 비해 오히려 전문성이 떨어질 수 있다고 지적한다. 이때 기술적 능력을 바탕으로 한 권위와 법적인 직위를 바탕으로 한 권위 사이에서 갈등의 소지가 발생한다. 즉, 상급자가 가진 경험의 축적과 하급자가 갖는 기술적 전문성이 충돌하는 것이다.

이 씨가 겪은 사례는 한동안 계속될 것으로 보인다. 통계청에 따르면 IMF 이전 청년실업률은 1995년과 1996년에 4.6%, 1997년 5.7%로 6%를 넘지 않았다. IMF 직후 1998년 12.2%까지 치솟았고 그때부터 올해 5월까지 청년실업률은 7% 아래로 내려간 적이 없다. 심지어 올해 2월은 10.9%였다. IMF 때에 근접한 수치다. 서울의 한 명문대 졸업 예정자인 김모(27) 씨는 "요즘에는 인턴도 구하기 힘들다"면서 "어디든 들어가면 좋겠다"고 한숨을 내쉬었다. 사정이 이러니 고스펙의 청년들은 '일단 들어가고 보자'는 식의 입사가 줄을 잇고 있다.

미래학자 앨빈 토플러(Alvin Toffler)는 근본적인 해결책으로 강력한 관료제적 위계 제도 대신 '일시적 전문가 조직'을 강조했다. 사안마다 조직을 구성해 탄력적으로 운영하는 것이다. 수직 관계에서 벗어난 수평 관계를 지향했다. 그는 점차 증가하는 고도의 기술을 가진 숙련공은 관료제도 내에서 일하기에는 적합하지 않다고 보았다. K대 홍모 교수는 "업무 영역은 태스크 포스(TF)를 활용해 조직을 신축적으로 운영하면 어느 정도 해결 가능하다"면서 "생활 영역은 상하급자 간의 진정성 있는 대화를 조직적 차원에서 지원하는 수밖에 없다"고 진단했다.

◈◈◈

취업난이 극심한 현재 상황에서 직장 내 갈등상황을 취재했다. 1980년대 대학을 졸업한 기성세대들은 아무런 스펙이 없어도 취업은 문제가 없었다. 삼성은 서울대에서 취업설명회조차 하지 못했고 실제로도 대기업 취업은 선호도에서 밀려났다. 현재의 상황과 대비하면 상상하기 힘들지만 당시에는 그랬다. 고도 경제성장기의 대학생들은 직업에 대한 걱정이 없었으며 사회는 정치를 제외한 분야에서 환희로 넘쳐났다.

1997년 IMF가 터지고 상황은 급변했다. 기업은 더 이상 많은 신입사원을 뽑지 않았다. 대학 졸업이 취업을 보장해주지도 못했다. 예전에는 취급도 안했던 회사에 들어가기 위해 치열한 경쟁을 해야 했다. 지금도 마찬가지다. 울며 겨자 먹기로 들어간 회사의 신입사원은 온갖 스펙을 보유하고 있다. 반면 과거 손쉽게 이 회사에 들어간 상급자들은 신입사원보다 나은 점이라고는 경험과 지위밖에 없다. 1990년대 토익 800만 넘어도 아주 영어를 잘한다는 평가를 받았다. 지금은 토익 900도 대기업 취업을 장담하지 못한다.

갈등은 예견됐다. 고스펙의 신입사원이 증가할수록 갈등은 표면화됐다. 취재는 상대적으로 쉬웠다. 윗사람에게 불만이 있는 신입사원은 넘쳤다. 특히 상급자의 무능함을 지적하는 사람이 많았다. 취재를 하며 관련 사회학 서적을 많이 읽게 됐는데 현 상황과 부합하는 부분이 많았다. 기사에 미처 반영하지는 못했지만 다른 교수들의 고견도 많았다. 여기에 소개한다.

◎ **현 상황에 대한 진단**(K대 행정학과 교수)

지금 한국광해관리공단이 대표적인 곳이지. 거기가 옛날에

석탄 처리하는 곳이었거든. 폐광이나 그런 쓰레기들 처리하는 곳이었지. 그래서 그 당시 입사했던 사람들은 어깨에 힘주고 다니는 그런 사람이 많았지. 그런데 지금은 정말 들어가기 힘든 곳이다. 그래서 충돌이 발생하지. 현장에서 구르던 사람이랑 지금 들어간 사람이랑 같지 않으니까. 그리고 조직이 커지면서 업무의 성격도 변했다. 예전처럼 무식하게 석탄만 처리하는 것은 아니라는 거야. 통계도 내고 분석도 하고 전문적인 게 많이 필요해졌다. 지금 들어간 애들이랑 당시 들어간 사람들이랑 충돌하게 되지. 무식한 옛날 사람들 보면 어떤 생각이 들 것 같나. 그런데 이게 해결하기 쉽지 않다. 시간이 지나면 점점 해결되겠지만 당장은 정책적으로 나서서 해결하기 힘들어. 개인의 문제로 치부하니까. 적응 못한다고 낙인을 찍으면 되거든. 군대랑 똑같지. 그래도 당장 갈등을 봉합할 방법이 없는 것은 아냐. 이 업무에 대한 전문가라고 판단되면 그쪽만 따로 팀을 만드는 거지. 그리고 일이 끝나면 팀을 해체하는 식으로 탄력적으로 해야지. 생활적인 면에서는 소원 수리와 단합대회를 자주 하는 수밖에 없다고 봐. 안 좋은 점은 소원수리로 처리하고 단합대회로 자주 만나게 하는 거지. 서로 만남의 장을 갖게 하는 것도 좋고. 어렵지. 윗사람이 해야 해. 아랫사람이 할 수 있는 게 아냐. 젊은 세대들에게 다가가려 하는 노력을 게을리해서는 안 돼. 사실 업무는 뒷문제야. 진짜는 생활의 문제가 커. 인간적으로 서로 이해만 해도 업무는 따라오는 거거든. 그래도 둘을 나눠서 해결할 필요는 있지. 업무의 영역에서는 TF를 짜도록 하고. 생활의 영역에서는 소원 수리와 단합대회를 조직적 차원에서 지원하는 것이다.

◎ 계층제적 권위와 전문성(S대 행정학과 교수)

관료제에 대한 비판 중 하나는 상급자와 하급자 간의 전문성 차이에 따른 갈등이다. 환경의 변화와 더불어 계층제적 권위를 행사하는 상급자가 하급자에 비해 오히려 전문성이 떨어질 수 있다. 이때 기술적 능력을 바탕으로 한 권위와 법적인 직위를 바탕으로 한 권위 사이에서 갈등의 소지가 발생한다. 물론 양자 가치 간의 갈등가능성을 부인하는 학자들도 있다. 관료제에서의 임용 및 승진에 대한 기술적 능력의 강조는 전문성의 확대와 맥을 같이한다는 것이다. 즉, 상급자가 가진 경험의 축적에 다른 전문성을 간과해서는 안 된다고 주장한다. 그럼에도 전문성 차이에 따른 상급자와 하급자 사이의 잠재적 갈등을 부인하기 어려운 것이 현실이다.

◎ 관료제도의 미래(K대 사회학과 교수)

미래학자 앨빈 토플러는 관료제가 문제 해결을 지향하는 일시적인 전문가 조직에 의해 대치될 것으로 예언하고 있다. 토플러는 강직한 위계제도 대신에 출현할 전문가 조직은 형식적이 아닌 문제 해결을 위해 각 분야의 전문가들로 구성된 조직으로, 업무의 신속성과 효율성보다는 상상력과 창조성을 더 강조한다고 하였다. 토플러는 관료제가 성격상의 변화를 초래하는 이유를 다음과 같이 보고 있다. 첫째, 점차 증가하는 고도의 기술을 가진 숙련공은 강직한 관료제도 내에서 일하기에는 적합하지 않다는 것. 둘째, 컴퓨터 체계와 같은 기술은 상례적인 업무를 잘 처리해 내지만, 새로운 문제는 전문가 조직으로 하여금 처리하도록 한다는 것. 셋째, 지금과 같이 급변하는 사회에서는 강직한 관료제도보다는 전문가 조직의 신축성을 요구하는 새로운 문제들이 증가일로에 있다는 것.

◎ **관료제란**

1745년 드 구르네가 처음 사용. 그는 사무실과 사무용 책상이라는 두 가지 뜻을 가진 'bureau'라는 단어에다가 '지배하다 to rule'라는 뜻을 가진 그리스어 단어 cracy를 합성시킴으로써 관료제라는 용어를 만들었다. 따라서 관료제란 관료의 지배(the rule of officials)를 말하는 것이다. 이 단어는 처음에는 정부 관료들에게만 사용되었지만, 점차 일반적인 대규모 조직에까지 확대되었다. 막스 베버는 관료제가 명백한 권위의 위계구조를 내포하고 있다고 보았다. 구성원들은 권위에 온전하게 복종해야 한다.

층간소음 해결사(2014. 11. 24)

올해 수능을 치른 재수생 김모(여·19) 씨는 수능 세 달 전 학원을 나와 집에서 본격적으로 공부했다. 서울 강동구의 아파트 12층에 살았던 김 씨는 매일이 전쟁 같았다. 오후 10시만 되면 윗집에서 '쿵쾅'거리는 소리로 집중을 못했던 것. 참다못한 김 씨의 어머니가 "수험생이 있으니 조용히 해달라" 했지만 며칠뿐이었다.

날씨가 쌀쌀해지자 소음은 심해졌다. 창문을 닫고 지내 소리가 방 전체를 울렸다. 도저히 참지 못한 김 씨는 10월 중순쯤 인터넷에서 '층간소음 종결자'라며 판매 중인 천장 부착형 스피커를

12만 원을 들여 구매했다. 윗집이 시끄럽게 할 때마다 특별히 황병기의 '미궁'을 선사했다. 공포스런 가야금 소리가 윗집을 울렸다. 소리는 윗집에만 전달되고 설치된 방에는 잘 들리지 않도록 특수 설계된 덕에 김 씨는 통쾌함을 느꼈다. 복수의 쾌감은 있었지만 윗집과 사이는 멀어졌다. 엘리베이터에서 마주칠 때마다 험한 말이 오갔다. 수능이 끝난 후에도 김 씨의 복수는 현재진행형이다.

층간소음 피해자들이 복수할 수 있는 전용 제품이 나왔다. 김 씨가 구매한 이 제품은 천장에 설치해 소리를 위로 전달한다. 5와트의 출력을 가지고 있어 소리도 빵빵하다. 인터넷의 한 게시판에 소개되며 '층간소음 종결자'란 별칭도 얻었다. 인터넷 후기 게시판에는 "3년 동안 참았는데 이제야 속이 뻥 뚫린다"며 "희열이 마약수준"이라고 평했다. 또 다른 이용자는 "층간소음 따지러 윗집에 올라가면 경찰을 불러들여 가해자로 몰렸었다"며 "크기는 작은 게 소리는 빵빵해서 짜릿했다. 이제는 올라갈 필요 없다"고 소감을 밝혔다. 이외에도 기발한 층간소음 복수법이 나오고 있다. 경비실에 연락하거나 직접 올라가 따지는 것보다 더 큰 효과를 노린 상상력의 결과다.

경기도 분당의 연립주택에 살고 있는 직장인 황모(28) 씨는 올해 여름 윗집 애들의 뛰어다니는 소리에 밤잠을 이루지 못했다. 경비실을 통해 항의도 했지만 "애들이 지내다보면 좀 뛰어다닐 수도 있는 거지. 너무 예민한 것 아니냐"는 핀잔만 들었다. 귀마개를 사용해보기도 했지만 방바닥까지 울리는 진동을 막을 수 없었다. 수면 부족에 업무 집중도가 떨어져 실수하기도 여러 번. 황 씨는 한 아이디어를 냈다. 베란다에 있는 에어컨 실외기를 이용하기로 한 것. 새벽에도 에어컨을 계속 틀며 실외기 소음을 유발했다. 윗집은 실외기 소리가 시끄러워 잠을 제대로 자지 못했다. 베란다를 사이에 두고 고성이 오가는 것은 당연지사. 현재 황 씨는 "이제 곧 겨울이라 소음이 더 크게 울릴 텐데 걱정이다"며 "겨울에 에어컨을 가동할 수는 없다"고 한숨을 쉬었다.

과격한 방법도 있었다. 서울 관악구의 오피스텔에 거주 중인 김형인(31) 씨는 취업준비생이다. 그는 "백수만이 할 수 있는 방법이 있다"며 매일 저녁 방에서 피아노를 연주하는 윗집 사람에게 복수할 계획을 세웠다. 피아노를 연주하는 날이면 김 씨는 다음날 오전 2시에 윗집으로 찾아갔다. 그리고 현관 벨을 잠에서 깨어날 때까지 눌렀다. 안에서 인기척이 나면 김 씨는 계단을 달려 내려가 방으로 숨었다. 일주일 후, 피아노 소리는 더 이상 들리지 않았지만 간혹 오전 2시에 김 씨의 집 현관 벨을 누르는 사람이 있다고 한다.

층간소음으로 고통 받는 사람들은 다양한 방식으로 조치를 취했다. '항의형'은 직접 윗집을 찾아가 따지는 방식이고 이는 가장 흔하다. '신고형'은 경비실이나 경찰에 신고하는 방식. '인내형'은 귀마개를 사용하거나 수면제를 먹고 일찍 자는 등 참고 사는 스타일이다. 마지막으로 '복수형'은 '눈에는 눈, 이에는 이'라는 자세로 소음에는 소음으로 대응한다. 커다란 스피커를 사서 천장에 가깝게 설치해 소음이 들릴 때마다 작동시킨다. 윗집은 물론 자신도 시끄럽다. 스피커가 바닥에 떨어질 수도 있어 위험하기까지 하다.

국민권익위원회는 지난해 12월 국민 3040명을 대상으로 층간소음 설문조사 결과를 발표했다. 조사 결과 응답자의 88%가 층간소음으로 스트레스를 받은 적이 있었다. 10명 중 9명이 층간소음으로 고통을 겪는 셈이다. 응답자의 54%는 층간소음으로 인해 이웃과 다툰 경험이 있었다. 이에 환경부는 2012년 3월부터 '층간소음 이웃사이센터'를 운영 중이다. 전문가가 해당 거주지를 방문해 소음을 측정하고 일정 기준 이상의 소음 발생 시 당사자와 관리사무소 등에 해소방안(매트리스 설치, 슬리퍼 착용, 오후 10시 이후 소음 자제 등)을 제시한다.

◈◈◈

재밌는 기사를 소개하겠다. 층간소음 해결사란 별명을 가진 기계다. 기계 이름은 '월사운드'다. 처음 이 제품에 대한 정보를 접한 것은 인터넷 서핑 중에서였다. 천장에 전등을 갈아야 하는데 이 제품을 우연히 보게 됐다. 관련 기사는 아직 나오지 않았다. 마침 아파트 층간소음 문제로 이웃 간 칼부림이 났던 일이 있었다. 이번 기사는 지인 취재가 주를 이루는데 사례는 많았다. 기상천외한 방법으로 윗집에 항의하는 사람도 있었고, 그중에는 이사를 한 집도 있었다.

층간소음 방지를 위해 건축법 개정안이 통과된 것으로 안다. 상황은 점점 나아지겠지만 매년 소음 문제는 발생하는 것 같다. 특히 환경부 산하 한국환경공단은 층간소음 민원의 37%가 11월~2월 동절기에 집중되는 것으로 조사됐다며 본격화 될 추위에 소음 발생원에 대한 세심한 관리와 이웃에 대한 배려가 요구된다고 밝혔다. 환경공단 층간소음 이웃사이센터 분석 결과, 2012년 10월~2013년 9월의 1년을 기준으로 11월~2월 동절기 층간소음 민원접수 비율은 37%로 1년 총 1만 3427건의 민원 중 5023건이 집중됐다. 현장진단·측정서비스도 동절기에 1년 총 2676건의 약 40%인 1068건이 접수됐다. 이에 대해 환경공단은 동절기에는 연말행사나 추운 날씨 때문에 실내

활동이 많아지고, 난방을 위해 창문을 닫고 지내기 때문에 층간소음 문제가 더욱 심해지는 양상을 보인다고 분석했다.

우리도 한국'인'이에요(2014. 11. 24)

민혁(13·가명), 민주(11·가명) 형제는 충남 서산의 허름한 집에서 아버지와 줄곧 셋이 살았다. 필리핀에서 시집온 어머니는 민혁이가 4세 때 아버지와 이혼했다. 아버지의 폭력과 알코올 중독을 견디지 못했던 어머니는 남편을 떠날 결심을 한 것. 어머니는 이혼 후 얼마 지나지 않아 미국으로 떠났다. 아버지는 공사 현장을 전전하며 일하는 일용직이었다. 하루 벌어 하루 사는 일과가 계속됐다.

새벽같이 집을 나선 아버지는 밤늦게 들어왔다. 그나마 일감이 없는 날이 일주일의 반이었다. 일이 없는 날은 하루 종일 집에 있었다. 냉장고에는 항상 소주가 10병씩 있었다. 집 바닥에는 빈 소주병이 가득했다. 싱크대에는 한 달 넘게 설거지하지 않은 냄비, 그릇이 넘쳤다. 변기는 내려가지도 않았다. 김치는 어느새 썩어 구더기가 끓었다. 두 형제는 방치된 채 살았다. 초등학교에 들어가고 나서도 달라진 건 없었다. 형제는 말이 없어졌고 혼자 있는 시간이 많았다. 친구도 없었다.

급우들은 두 형제를 멀리했다. 말수도 적고 음침한 구석이 있다며 상대하지 않았다. 형제는 돈이 생길 때마다 피시방에 갔다. 게임이 유일한 탈출구였다. 폭력게임을 즐겨 했다. 세상에 대한 분노를 풀 곳은 게임밖에 없었고 그곳에서 두 형제는 자유로웠다. 피시방 갈 돈을 아버지 지갑에서 몰래 꺼내다 보니 폭력은 심해졌다. 분노는 더 쌓이고 피시방에 머무는 시간은 길어졌다. 학교도 빠질 때가 많았다.

민혁이가 좋아하는 게임은 써든어택(Sudden Attack)이라는 총게임이었다. 총으로 적군을 쏠 때 희열을 느꼈다. 자신을 돌보지 않은 아버지에 대한 분노, 세상에 버려졌다는 불만이 마우스 클릭 하나에 해소됐다. 칼로 적군을 찌를 때 더 큰 만족감을 느꼈다. 게임 내 순위가 높아지고 온라인상의 이용자들이 자신을 찬양하자 게임에 더 빠져들었다. 이곳에서만큼은 민혁이가 왕이었다. 누구도 무시하지 않고, 누구도 괴롭힐 수 없는 자신만의 철옹성이었다.

민주는 '아이온'이란 게임에 빠져 살았다. 레벨이 올라 자신만의 '길드'를 만들고 게임상의 이용자들과 어울렸다. 길드장이라는 자리는 특별했다. 길드원들은 자신의 말을 따랐다. 현실에서는 누구도 자신에게 말을 걸지 않지만 게임에서는 달랐다. 모두가 자신에게 친절했고 잘 보이려고 했다. 퀘스트를 함께 깨면 "감사하다"는 말을 연신 들었다. 현실에서는 겪지 못했던 사람의 온기를 게임에서 충족시켰다. 두 형제는 그렇게 세상과의 고립을 택했다.

피시방 갈 돈이 없으면 집에 있었다. 텔레비전을 보다가도 아버지가 들어오는 소리가 들리면 자는 척을 했다. 늘 술에 취해 있던 아버지는 형제를 놔두지 않았다. 발로 차고 욕설을 퍼부었다. 둘은 울지 않았다. 아버지는 울면 시끄럽다고 더 때렸다. 입술을 피가 날 때까지 깨물며 버텼다. 아버지는 힘이 부치면 그 자리에서 잠에 들었다. 형제는 그때서야 소리 죽여 흐느꼈다. 눈물이 두

뺨을 타고 흘렀지만 닦을 힘도 없었다.

4년 전 뜻밖의 방문을 받았다. C초등학교의 선생님이 집으로 찾아온 것. 당시 두 형제의 담임을 맡았던 김(47·여) 교감 선생님은 집 상태를 보고 경악을 금치 못했다. 교감 선생님은 아버지에게 하소연했다. C초등학교로 전학을 권했다. 학교에서 아이들을 잘 돌보겠다고 약속했다. 3시간에 걸친 설득은 아버지의 마음을 열었다. “전학시켜줄 테니 아이들을 잘 돌봐주시오.”

섬 같은 아이들이었다. ‘C초등학교’는 다문화 가정의 아이들을 집중 교육시키는 곳이지만 형제는 아이들과 쉽게 어울리지 않았다. 전처럼 홀로 책상에 앉아 공기처럼 지냈다. 아이들과 친해질 필요가 있었다. 교감 선생님은 둘을 ‘한울타리 6남매’ 프로그램에 참여시켰다. 학년별로 1명씩 6명을 모아 또래문화를 형성시키려고 했다. 다문화 가정의 아이 3명, 일반 가정의 아이 3명으로 구성해 자리를 마련했다. 소꿉놀이, 그림 그리기 등 함께하는 시간이 길어질수록 대화가 트이기 시작했다.

일반 가정 학부모들의 인식 전환도 병행했다. 이를 위해 2010년 ‘단짝 친구 홈스테이’를 만들었다. 다문화 가정 아이들이 일반 가정에 들어가 하룻밤을 같이 보내도록 했다. 일반 가정 부모들은 다문화 가정 아이들과 직접 지내자 편견에서 벗어날 수 있었다. 학부모들은 더 이상 다문화 아이들과 어울리지 말라는 말을 자녀들에게 하지 않았다. 두 형제의 학교생활은 점점 자리를 잡아갔다. 여느 아이들처럼 어울리고 싸우며 다시 사이가 좋아지는 과정을 거쳤다.

민혁이와 민주는 더 이상 숨어 살지 않았다. 친구들이 “엄마 없는 애"라고 놀릴 때면 상처 받기도 했지만 어느새 아물어 갔다. 놀린다는 것은 최소한 자신에 대해 관심이 있다는 뜻이니까. 욱하는 마음에 싸우기도 했지만 며칠 후 먼저 다가가 사과했다. 그렇게 친구가 하나둘 늘어갔다. 과거의 음침한 모습은 사라지고 없었다.

터닝 포인트가 있었다. '제자 맘 두드림' 프로그램을 2010년 시작했다. 교사에게 전담학생을 한 명씩 배정했다. 자신이 맡은 학생의 학교 안팎 생활을 보살폈다. 김 선생님은 두 형제를 맡았다. 아침밥을 학교에서 챙겨줬고 방과 후에는 마트에서 장을 봐줬다. 엄마 없는 자리를 선생님이 채워줬다. 두드리니 마음이 열렸다. 생활이 안정되면서 하고 싶은 일이 생겼다.

학교는 다양한 직업 관련 프로그램을 시행했다. 요리, 미술, 컴퓨터 등 학생들의 잠재력을 끌어올렸다. 민혁이는 혼자 있을 때마다 비행기를 그렸다. 자신의 꿈을 도화지에 옮겼다. 중학생이 된 민혁이는 꿈이 생겼다. 파일럿이 돼 세계를 무대로 살고 싶단다. 어머니에게 전 세계를 보여주고 싶었다. "저는 파일럿이 꿈입니다. 미국에 있는 엄마한테 가고 싶어요. 거기서 저, 동생, 엄마 셋이 함께 살고 싶어요." 목표가 생긴 민혁이는 방과 후 피시방이 아니라 도서관에 간다. "제 꿈은 도서관에 있으니까요." 하늘을 보자 비행기가 지나쳐 갔다. 그의 입가에 미소가 서린다.

민주 역시 달라졌다. 형의 영향을 받아서인지 모든 일에 호기심을 보였다. 특히 요리하는 것이 즐거웠다. 요리 실습하는 날이면 민주는 프라이팬에 올리브기름을 두르고 계란을 풀었다. 계란이 익어가자 익숙하게 뒤집었다. 계란은 흐트러지지 않고 모양을 유지했다. 간단한 요리지만 민주는 주변 소리를 듣지 못할 정도로 집중했다. 계란말이가 완성돼서야 고개를 들었다. 친구들이 앞다투어 다가와 민주의 작품을 순식간에 입속에 털어 넣었다. 민주는 빙긋이 웃으며 "많이 먹어라"고 말하고 주변을 청소했다. "형이랑 엄마, 아빠한테 매일 요리해드리고 싶어요. 밥 먹을 때만큼은 활짝 웃는 모습을 보고 싶으니까요." 그의 소박한 꿈은 '요리사'로서의 길로 인도하고 있었다. "요리사가 되면 사람들이 제 요리를 먹고 웃어주겠죠? 그럼 얼마나 즐거울까요."

교감 선생님은 "아이들이 학교생활에 잘 적응하는 것이 중요하다"면서도 "그보다 더 중요한 것은 학생들이 꿈을 갖는 것"이라고 강조했다. 이어 "꿈이 있는 아이는 어떤 역경도 이겨 낸다"면서 "'제자 맘 두드림' 프로그램은 학생의 전반적인 생활을 보살핌과 동시에 꿈을 찾아주는 역할을 한다"고 덧붙였다.

◈◈◈

다문화 가정에 대한 취재를 끝내자 어느 정도 요령이라고 할까, 깨달은 게 있다. 편견을 가지지 말아야 한다는 점이다. 가난할 것이라는 편견, 뭔가 모난 점이 있을 거라는 염려, 가정 내 불화가 있을 것이라는 선입견을 버려야 취재를 객관적으로 할 수 있다.

이번 취재는 말 그대로 불행을 극복한 아이들을 다루고 있다. 성인이 된 다문화 자녀가 아닌 아직 아이인 애들을 취재했다. 불행은 불행을 몰고 왔다. 부모님의 불화는 아이들에게로 이어졌다. 가정의 불행은 학교생활의 부적응을 낳았다. 아이들은 엇나갔고 이는 가정의 불행을 가속화했다. 악순환이 이어졌다. 그 맥을 끊는 게 중요하다고 여겼다. 한 초등학교의 노력은 시골 초등학교가 나아갈 길을 제시했다. 이농으로 인한 인구 감소, 학생 수는 나날이 줄어가고 다문화 자녀는 증가하고 있었다. 이 상황에서 학교는 아이들에게 다가갔다. 쉽지 않았다. 교사의 사명감이 필요했다. 추가 수당이 나오는 것도 아니고 승진에 도움이 되는 것도 아니다. 재정적 지원은 처음부터 있지 않았다. 성과가 어느 정도 나오고서야 정부에서 관심을 가졌다. 그때까지 교사들이 걸어야 했던 길은 가시밭길이었다. 기사는 아이들의 극복과정을 비추고 있지만 이 기사의 주인공은 교사들이다. 교사보다는 아이들을 주인공으로 해야 한다는 야마가 주어져 하는 수 없이 그렇게 했지만 여전히 아쉽다.

특이한 점은 학교 역시 조직이라는 것이다. 조직은 하급자와 상급자로 구성된다. 평교사, 교감, 교장으로 이어지는 관료제적 속성은 계층 상호 간의 불만을 낳는다. 그러나 아이에게만 피해를 주지 않으면 된다.

아파트 경비원의 비극(2014. 11. 22)

과다한 업무와 가혹행위 등 비인격적 대우를 받던 아파트 경비원들이 이번에는 대규모 해고 한파에 내몰리고 있다. 내년부터 경비업무에도 최저임금 100%가 적용되면서 인건비 부담으로 경비원의 일자리를 줄일 수 있다는 우려 때문이다.

서울 노원구의 한 아파트에서 경비 일을 하는 장모(67) 씨는 이달 초 '청천벽력' 같은 소식을 들었다. 올해 계약이 만료되니 계약을 해지한다는 통보를 받은 것. 2년 동안 근무하며 계약해지예고통보서를 받은 적 없었던 그는 두 달 안에 재취업할 길이 없어

막막했다. 그러나 통보서를 받은 사람은 장 씨뿐이 아니었다. 이 아파트 단지 60여 명의 경비원 전원이 '계약해지예고통보서'를 받았다. 그는 "경비원 임금이 오르면 인원을 감축한다는 소문이 돌았지만 '설마' 했었다"며 고개를 숙였다. 통보서를 받았다고 전원이 해고되는 것은 아니지만 누구를 해고하더라도 법적분쟁에서 논란이 일지 않도록 미리 손을 써둔 것이었다.

'계약해지예고통보서'를 받은 상황에서 열악한 근무여건을 따질 수도 없었다. 휴게실도 없는 1평 남짓한 사무실에서 근무하며 쉬는 시간에도 순찰을 돌거나 단속을 했다. 요즘은 낙엽 치우는 일이 힘들었다. 치워도 다음날이면 또 쌓여서다. 해고되지 않더라도 걱정이다. 인원감축을 하지 않더라도 무급 휴게 시간을 늘려 인건비를 인상하지 않을 것이라는 소문이 돌고 있다.

노원구 한 아파트 경비원 황모(66) 씨는 8월 경비반장에게서 서류 한 장을 받았다. '사용근로계약서'라고 적힌 종이에는 계약기간이 8월 1일부터 12월 31일까지 5개월로 적혀 있었다. 보통 1년마다 계약서를 써온 관행에 비추어 보면 이례적이었다. 관리소장은 "내년 임금 인상 때문에 그런 것 같다"고 말했다. 무임금 휴게 시간도 늘었다. 하루 7시간이던 것이 8시간으로 늘어나 있었다. 황 씨는 "휴게 시간은 말뿐이다"며 "자리를 비울 수 없어 사실상 근무를 하는데 돈까지 못 받으니 억울하다"고 말했다. 지하에 휴게실이 있지만 아무도 가는 사람이 없었다. 입주민들이 찾을 때 초소에 없으면 민원이 들어가기 때문이다. 불안한 고용형태 탓에 부당한 일을 당해도 감내할 수밖에 없다.

아파트 경비 노동자는 근로기준법 제63조 3호에 따라 감시·

단속적 근로에 종사하는 자로서 지금까지는 최저임금을 불리하게 적용받았다. 최저임금법 시행령 제3조에서 감시·단속적 근로 종사자는 최저임금 90%만 받을 수 있도록 했다. 다만 이 규정은 올해까지 유효하고 내년부터는 최저임금 100%를 받게 된다. 고용노동부에 따르면 감시·단속적 근로자의 연도별 최저임금 적용률은 2007년 70%, 2008~2011년 80%, 2012~2014년 90% 수준이었다.

한국노동사회연구소가 2014년 3월 발표한 '서울 아파트 경비 노동자 노동실태'에 따르면 서울지역 내 아파트 경비원 수는 2012년 말 기준 3만 5000명 정도였다. 임금은 '기본급+심야수당+기타수당'으로 구성돼 있었다. 초과근로 수당은 주당 실근로시간이 평균 60시간이지만 감시단속적 근로에 해당돼 보장받지 못하고 있으며 심야근로(오후 10시~다음날 오전 6시까지) 수당만 받았다. 그조차도 기본급의 10% 수준. 기타수당은 월 2만 원 정도로 소액이었다. 직접고용은 사정이 나은 편이었다. 2013년 기준 월급은 최소 85만 원인 곳부터 최대 200만 원까지 평균 139만 원을 받았다. 간접고용은 열악했다. 최소 51만 원부터 최대 177만 원까지 평균 120만 원 수준이었다. 내년부터는 19% 정도의 월급이 인상돼 평균 143만 원을 받을 것으로 예상된다. 직접고용은 입주자대표회의가 경비 노동자를 직접 고용하는 방식이고, 간접고용은 입주자대표회의가 경비업무를 도급방식으로 용역업체에 위탁하는 형태(80~90% 간접고용으로 추정)다. 대부분 간접고용 형태를 취하고 있었다.

아파트 경비원의 근속연수 역시 지난해 기준 평균 3.4년으로 단기로만 근무했다. '직접고용+노조가입'이 8.1년으로 가장 길고,

'간접고용+무노조'가 2.9년이었다. 고용노동부에 따르면 2011년 기준 서울지역 노동조합원은 2452명에 지나지 않았다. 10명 중 1명에 미치지도 못했다.

과중한 노동은 근무형태에도 드러났다. 97.3%가 2개 조씩 돌아가면서 24시간 격일로 근무하는 형태였다. 하루 근무하고 다음날 쉬는 방식으로 이는 3개 조가 1일 8시간씩 3교대로 운영할 경우 인원수가 한 명 늘어나기 때문에 인건비 부담을 줄이려는 꼼수다. 이 경우 8시간 초과근로에 대한 임금이 문제되는데 감시단속적 노동자는 초과근무수당의 지급 의무도 없다. 과로의 원인이라는 지적이다.

근로시간 역시 지난해 기준 연간 3100시간에서 4000시간의 장시간 노동에 시달렸다. 이는 2012년 기준 OECD 평균 1765시간은 물론 우리나라 연간 노동시간 2092시간과도 큰 차이를 나타내는 수치다. 1일 실근로시간이 17~22시간. 17시간으로 계산해도 주당 59.5시간이며 월 근로시간은 258.4시간에 달했다. 1일 근로시간을 22시간으로 계산하면 주 77시간, 월 334.4시간이나 된다. 근무환경 역시 열악했다. 경비원들은 약 3.3㎡(1평)의 경비실에서 근무했다. 좁은 면적에 책상과 의자, CCTV 모니터까지 들어섰다. 야간 휴식시간에도 쉴 수 있는 편의시설이 없었다.

아파트 경비원의 나이 역시 문제됐다. 2012년 노원노동복지센터의 '노원구 아파트 경비원 노동환경 실태조사'에 따르면 노원지역 아파트 경비원의 연령대 87% 이상이 60대 이상이었다. 70대 이상도 17.5%에 달했다.

상황이 이런데도 아파트 경비원의 내년 고용상황은 암담하다.

2011년까지 최저임금 80%가 적용되던 경비노동자들 월급이 2012년부터 최저임금 90% 선으로 올랐다. 그러자 경비노동자들 일부가 해고되기 시작했다. 한국경비협회는 당시 경비노동자의 10~20% 정도가 해고된 것으로 봤다. 내년 상황이 우려되는 이유다. 인천의 1200세대 규모 아파트 단지 관리소장 정모(57) 씨는 21일 최저임금법이 오히려 경비원과 아파트 관리직원들의 생계를 위협하고 있다고 비판했다. 이 아파트는 공용관리비가 매월 6600만 원, 이 중 직원 급여와 4대 보험료 등 인건비 비중이 97%(6400만 원)나 됐다. 내년도 경비원 급여는 올해 대비 약 19% 인상될 전망이어서 관리비 인상이 불가피한 상황이다. 정 씨는 "기본급이 인상되면 보험료 등 간접노무비도 늘어 내년부터 한 달 경비비가 3000만 원에서 3600여만 원으로 21% 증가한다"면서 "입주민들이 경비원 21명 중 4~5명을 해고하는 방안을 검토하고 있다"고 말했다.

현행 기간제법도 문제가 있었다. 기간제법 제4조는 55세 이상의 고령자를 기간제 사용제한의 제외사유로 규정해 대부분 경비노동자들은 기간제한의 적용을 받지 않아 무기한 기간제 사용이 가능했다. 이는 상시적인 고용불안을 초래한다.

아파트 경비원 대량 해고사태가 우려되자 국가인권위원회는 20일 아파트 경비원 대량 해고 위기와 관련해 고용노동부에 예방 대책 수립을 촉구했다. 현병철 국가인권위원장은 "아파트 경비원들이 올 연말 대규모 실직의 위험이 있어 고용노동부장관은 이를 사전에 예방하고, 고용안정을 보장하기 위한 대책을 마련해야 할 것"이라고 밝혔다. 이어 "열악한 근로조건을 감내하며 일하는 아파트 경비원들에 대한 집단해고사태는 방치될 수 없는 문제"라고 지적했다.

민주노총 미조직비정규전략본부는 "올해 말까지 전국적으로 경비원만 약 4만 명이 해고통지를 받게 될 것"이라며 "대다수가 취업할 곳이 없는 취약계층이어서 극단적 선택으로 내몰릴 수 있다"고 우려했다. 국가인권위원회는 "민관노정 협상테이블을 조성하는 것이 필요하다"면서 "근본적으로 노동조합을 설립해 해결하는 수밖에 없다"고 지적했다.

◈◈◈

이 기사는 실제 지면에 실릴 때 삭제될 것을 미리 염두하고 작성했다. 관련 분야 전문가의 의견을 풍부하게 들어 꼭 필요한 멘트는 무엇인지 찾았다. 예상대로 자료 및 멘트는 상당 부분 손질하게 됐는데 애초 의도했던 방향을 살리기 위해 취재 내용을 정리해 다시 작성했다. 아파트 경비원 사건은 기자로서의 무력함을 경험하게 한 것으로 기억한다. 압구정 아파트 경비원 사건 이후 곳곳에서 경비원에 대한 비인격적 대우 관련 제보가 들어왔다. 인천, 서울 할 것 없이 전국적인 현상으로 볼 수 있었다. 계약직이라 안정적이지 못하다는 점은 차치하고서라도 아파트 주민들이 경비원을 바라보는 기본적인 시선에 큰 문제가 있었다. 머슴. 그 이상도 이하도 아닌 딱 머슴으로 바라봤다. 아파트 시세가 비쌀수록 정도는 심했다. 집에서 먹다 남은 상한 떡을 선심 쓰듯이 주는 할머니, 손가락으로 삿대질하며 짐을 옮기라고 한 아주머니 등 형태는 다양했다. 전문가를 만나 얘기를 들어봐도 뾰족한 해결책을 들을 수는 없었다. 아파트 관리사무소는 국가기관도 회사도 아니다. 주민들이 만든 자치기구에 지나지 않으며 입주자대책회의는 비법인사단일 뿐이다. 사례가 발생해도 그 당사자를 구제하기 쉽지 않다. 특히 기사화한다고 해서 경비원이 보호받는 것도 아니었다. 문제가 생긴 경비원은 해고할 뿐이다. 결국 입법화를 해야 하지만 이슈는 단기간에 그쳐 국회로까지 가지 못했다. 현실을 반영하지 못한 입법도 한몫한다. 임금을 올린다고 사정이 나아지는 것이 아니다. 위 기사만 해도 임금 상승 우려로 인원을 줄이는 아파트를 다루고 있다. 아파트 경비원 문제는 해결되지 않은 채로 남았다. 이 문제는 앞으로도 계속될 것이다.

부안사태 이후 12년 부안은(2015. 1. 26)

부안군청 인근 국민은행 옆 골목 입구에 부안 방폐장 사건을 기념한 비석이 세워져 있다. 비석에는 '핵 없는 세상, 생명, 평화의 부안'이라고 적혀 있다. 비석 양쪽에 있던 핵반대 대장군과 핵반대 여장군은 철거됐다. 부안읍 곳곳에 있다던 방폐장 반대 벽화 역시 사라졌다. 나무를 그린 벽화만이 몇 군데 담벼락에 남아 있다. 당시 격렬했던 현장의 흔적은 비석 하나만이 말해주고 있었다. 주민들 역시 지나가며 비석을 쳐다보지 않았다. 비석 하나만이 당시의 흔적을 전해주는 부안이었다.

2004년 2월 당시 '핵폐기장 백지화 범부안 군민 대책위원회'는 핵폐기장의 백지화와 부안 자치 공동체를 선언한다는 내용의 '부안 선언문'을 채택했었다. 부안 수협 앞 광장에서 부안주민투표 관리위원장 등 주민 4000여 명이 참석한 가운데 집회를 열어

원전센터 유치 반대투쟁의 자료와 기록 등을 담은 '타임 캡슐'을 묻고 비석을 세웠다. 이때 위도를 제외한 부안지역 12개 읍면 36개 투표소에서 실시된 찬반투표는 전체 투표권자 5만 2000여 명 가운데 3만 7000여 명이 투표에 참여해 91.8%인 3만 4000여 명이 반대표를 던졌다. 부안군청 앞도 2004년의 흔적은 남아 있지 않았다. 2010년 신청사가 지어지고 구청사는 철거된 후 핵반대 벽화들도 자연스레 사라졌다. 당시 방폐장 반대 대책위원회를 이끌었던 위원장을 만나 인터뷰했다.

2003년 7월 이후 12년이 지났다. 당시 주민 간 분위기와 지금 주민 간 분위기는 어떤 차이가 있는지?

우리가 한창 방폐장 싸움할 때 안면도 얘기를 많이 했다. 그 당시 안면도는 서로 초상집도 안가고 그랬다고 한다. 거기에 비할 바는 아니지만 부안도 2003년에 굉장히 갈등이 심했고 속에 있는 앙금까지 가시진 않았지만 겉으로는 그냥 지내는 그런 분위기다. 그들 중에 어떤 이들은 악수도 안한다. 전반적으로는 화해를 하자고 하지만 깊은 얘기를 안 하려 한다.

반대 대책위에 가입하게 된 계기는 무엇인가?

제가 그 당시 군의원을 하고 있었다. 여러 가지 정황이 포착됐었다. 방폐장 관련해서. 공부를 몇몇 사람이 했고 좋은 건 아니라는 것을 알게 됐다. 사회적 합의나 장기적 플랜에 의한 것이 아니라 즉흥적이었고 주민 의견에 반하는 정책이 아니냐는 것을 포착하게 돼서 준비하게 됐다. 뜻있는 사람들이 모여 대책위를 구성했고 대외적으로 책임을 맡게 됐다. 위원회는 읍면별로 조직됐고 회의하면 50명 정도 참석. 집회를 하면 2만 명 주민이 참여했다. 인구가 7만 명이 못됐는데 한 가구에 한 명씩 참여한 꼴.

대부분 반대를 했었다.

주민투표 결과 93%가 반대다. 자체 투표치고 굉장히 높았다. 찬성했던 사람들은 이해관계가 있어서 찬성했던 것이 많다. 찬성했다가도 분위기 때문에 반대한 사람도 있다. 대책위의 중요한 일을 맡은 사람들도 찬성했다가 돌아선 사람도 많았다.

지금 김종규 부안군수가 당선된 이유는?

여러 이유가 있을 것이다. 군수는 언변과 사교성이 좋다. 그 사태만 아니었으면 무난히 3선을 했을 것이다. 이번에는 상대 후보가 약했다. 물론 본인도 자신이 당선될지 몰랐을 것이다.

담벼락에 벽화나 페인트칠한 것 흔적이 없다.

당시에도 낮에 주민들이 그리고 밤에 공무원들이 지우고 그것의 연속이었다. 깃발도 달면 밤에 떼고 그랬는데 방폐장 끝나고 나서 한참 붙어 있었다. 그나마 있던 것도 이번 선거 후에 다 없어지지 않았나 생각한다. 죄송하다고는 한다는데 마음에서 우러난 걸까.

주민들의 정부에 대한 불만이 많았을 텐데, 그 사건 이후 어떤 식으로 드러났나?

사실 그런 건 별로 없다. 노무현 대통령에 대한 지지율이 93%

로 높았다. 2004년도 총선에서 누군지도 모른 사람을 민주당 이름 달아도 뽑아줬다. 정부와 여당에 대한 불신은 아니었다고 본다. 정치세력에 대한 지향은 가지고 있다. 정말로 다양한 사람들이 대책위를 구성했고 불교, 천주교, 기독교 등 다양한 종교 세력들도 모였듯이 당시 한나라당 성향부터 모든 사람들이 모였던 것이다. 그런 다양성이 있었으니까. 능력 있는 사람도 모이다 보니 군청을 잘 다루는 그런 면도 있었다. 물론 공무원에 대한 불신은 커졌다. 그 후 안 좋은 경향이라면 공무원 다루는 법을 깨달았다는 것 정도다. 공무원에게 큰소리도 칠 줄 아는. 목소리만 크면 된다는 것을 잘못 깨달았다. 주민들의 의식수준이 높아진 건 분명한 반면 역작용도 있었다.

지금도 그걸로 싸우는 사람 있나?

방폐장 얘기는 안 꺼낸다. 선거 때 자주 나오는 얘기인데 지방선거 때는 항상 김종규가 출마했으니까. 찬성하는 쪽에서는 차라리 방폐장이 들어왔었으면 하는 사람들도 있다. 당시 찬성에서 반대로 돌아선 사람들이 선거 때 몰아간 경향이 있다. 선거 국면에서는 심하게 나온다. 선거몰이를 하는 거지.

부안 주민들은 대부분 어떤 직업을 가지고 있나?

농어민이 주축으로, 읍내 중심의 상권. 해안가 관광 펜션, 상가. 관광 중심지로 탈바꿈한다고 하는데 마인드가 없으니까. 행정 중심으로 주민과 미래를 꾀해야 하는데 행정이 경직돼 있다. 전국적으로 공무원이 가장 일 안하는 거 아닐까. 예를 들어 하우스를 행정적 지원을 통해 시설을 설치하면 여기에 대한 관리감독이 필요한데 보조금만 정산하면 끝난다. 과연 잘하고 있는지. 감자를 품목으로 정해 하우스를 하면 감자를 생산, 판매, 유통에까지 연계시키는 그런 행정적인 지원이 없다. 이건 개인적인 욕심이다. 농사만이 아니라 회타운도 문제다. 회가 굉장히 비싸다. 얘기도 못한다. 회타운에 가본 관광객들은 다시 안온다고 한다. 이런 중재 역할을 행정이 못하고 있다. 방치한다. 부안 주민과 부안의 미래에 대해 고민하지 않는 것이다. 군청이 고민하지 않는데 지역주민이 얼마나 하겠나. 그렇다고 앞장서서 좋은 방향으로 가는 것도 아니고. 뭔 상은 많이 타더라. 주민에게 필요한 지역의 변화 이런 부분의 정책 제시가 없다. 이건 단체장의 마인드와 직결된다. 이전에 재선했던 군수가 무능해서 반사이익을 얻은 것. 김종규 반대해서 당선된 사람, 인사비리로 감옥에 있다. 김종규와 이번에 대항했던 사람, 2006년 당선됐다. 반핵 분위기 때라 김종규 당선시키기 싫어서 당선된 것. 정치자금법 위반했었지.

부안 사건이 부안 경제에 미친 영향은? 인구는 늘었나?

안 좋아지면 안 좋아졌지 달라진 것은 없다. 예를 들어 고창은 인구가 5천 명이 늘었다. 귀농정책을 잘폈다. 농촌지역은 귀농정책만 잘해도 인구가 유입된다. 얼마 전 귀농한다는 친구가 부안군청에 갔더니 "왜 부안에 귀농하려고 하느냐"라고 말했다더라고. 고창은 집까지 구해준다. 그런 정책적인 측면에서 고민들이 다양하게 이뤄져야 하는데 그러지 못했다. 그런 상황인데 경기가 달라지겠냐고. 더욱이 피부로 안 좋게 느껴지는 것 같다. 2000년대 초 월드컵 때 부안은 IMF 없었으니까 당시에 새만금이 안 막혀서 어족자원 풍부했다. 그때는 쌀을 제값 받았다. 진짜 새벽까지 술집에서 흥청망청 했었다. 방폐장 때문은 아니고, 그 시점을 기점으로 굉장히 안 좋아졌다. 새만금 방조제 진행되고 쌀값 대란 일어나고. 농어민이 주축인데 이 사람들 돈이 묶이니 경제가 안 좋아졌다. 이런 분위기는 전체적인 측면에서 보이는 것 같은데, 여기는 수산이 크다. 그래서 격포 주민들이 가장 먼저 일어났었다.

관광?

펜션 있지. 그런데 펜션이 하루에 십몇만 원 해서 너무 비싸다. 외지인들이 많이 가지고 있다.

주민 간 반목, 어떻게 해야 된다고 보는지?

두 가지 측면이 있다. 가만있으면 된다는 것, 즉 시간이 해결해준다는 것. 이런 분도 있고, 본질적으로는 어떻게 보면 그걸 유치하려 했던 사람들의 의도는 경제 활성화였다. 반대했던 사람들 또한 외적 요인의 경제 발전이 아니라 내적인 요인으로 찾아야 한다는 것. 부안지역에 대한 미래를 바로 제시하고 주민들이 힘을 합하는 노력이 있어야 해결되는 것이지, 얘기를 안 한다고 해결되는 것이 아니다. 지역의 올바른 변화가 있을 때만 해결된다. 군청과 노력을 해야 한다. 밑으로부터 주민의 노력도 필요하겠지만 단체장이 건강한 사람이 당선돼서 지역주민의 뜻이 하나로 모아져야 한다. 선출직들 보면 안 해야 할 사람이 나오고, 해야 할 사람이 안 나온다. 4년 정도 시간 있으니 좋은 사람들을 구성해서 뽑아야지.

2007년에 또 방사능 시설이 들어온다는 말이 돌았다. 왜 자꾸 그런지?

물망에 오르고 있다는 얘기는 있는데 그냥 지나간 이야기로 알고 있다. 잘 모르겠다.

인터뷰가 끝난 후 부안을 돌아보았다. 식당에 가서 주민들의 다양한 생각을 접했다. 다음은 순대집 사장 김 씨와의 인터뷰다. 김 씨의 말을 들어보면 시간이 어느 정도 흐른 지금 부안군민의 생각이 많이 달라졌다는 것을 느끼게 한다.

부안 방폐장 분위기는 좀 어떤가?

방폐장요? 분위기랄 것도 있나요. 다들 얘기 안하려고 하지. 너무 오래되기도 했고 다 끝난 일이라 말하기 꺼려 해요.

그때랑 지금이랑 많이 다른가?

뭐 반대하는 사람이 많았죠. 그런데 지금 보세요. 경주가 방폐장 가져가고 정부로부터 얼마나 많이 혜택을 받았는데요. 안전한 게 드러나서 그렇게 된 것 아닌가.

부안, 그때랑 지금이랑 많이 달라졌나?

부안 경제는 방폐장 이후에 싹 다 죽었어요. 그전에는 부안도 살 만했어. 정부에 밉보여서 그 후로 발전이 없다니까.

그러면 찬성하는 사람도 많을 것 같다?

아 그때부터 줄기차게 반대한 사람은 반대하겠지. 그런데 요새는 잘 반대 안 해.

아래는 부안군민 황 씨와의 인터뷰다. 역시 여론이 많이 달라졌음을 느낀다.

부안 방폐장 반대한다는 페인트나 벽화 같은 거 있다고 들었다. 어디 가면 있는가?

읍내에 많이 있었다. 부안군청 앞에도 있었고. 그런데 옛날 건물을 다 치워서 지금 가도 없을걸.

누가 지운 건가?

자기들이 알아서 지웠겠지. 이번 군수 들어오고 나서는 아예 보이지도 않더라고.

군수가 지웠을 수도 있겠네요.

그렇겠죠?

방폐장 아직도 많이 반대하나? 분위기 보니까 반반이던데.

얘기 잘 안하려는 사람은 반대하는 사람일 거야. 나는 사실 부안이 정말 잘되려면 찬성했어야 했다고 봐. 우리도 방폐장 세워서 발전할 수 있었을 텐데….

군수가 왜 다시 당선됐는지? 운이 좋았다느니, 상대가 변변치 않았다느니 그런 말이 있더라.

에이. 물론 예전에 했던 사람들이 엉망인 것도 있었는데, 사실 지금 군수가 일을 잘해. 참 잘했어.

방폐장 분위기가 바뀐 걸로도 볼 수 있겠다. 핵종규니 뭐니 하면서 놀림도 많이 받았는데 다시 당선됐잖아요.

그렇지. 물론 반대한다는 사람들이 분위기를 그렇게 몰고 가서 내심 찬성하는 사람들도 어쩔 수 없이 반대했던 것도 있어. 지나고 보니 방폐장이 들어섰어야 했다고 생각하는 거지. 물론 이제 와서 말해 뭣하겠어. 다 지난일인데. 그냥 좀 씁쓸해.

◈◈◈

부안 방폐장 사건 이후 부안군 르포 기사를 쓰기 위해 직접 부안에 가서 작성한 인터뷰다. 실제 기사는 인터뷰 형식으로 나가지 않았다. 인터뷰 내용을 올린 이유는 어떤 질문을 하며 어떻게 정리를 하는지 알았으면 하는 의도와 당시 인터뷰 대상자들의 심리를 직접 느껴보라는 이유에서다. 질문지는 미리 가져갔다. 어떤 대답을 할지 예상하며 경우에 따라 질문을 가지치기식으로 확장하기도 했다. 대략 준비한 질문의 수는 30여 개인데 실제 인터뷰 상황에서는 10개 정도 쓰였다. 그만큼 예측 상황과 실제 상황은 다르다. 그래도 질문지는 미리 작성할 필요가 있다. 질문지를 작성하며 인터뷰 대상자에 대한 기본 정보도 조사하게 되는데 상대방에 대한 최소한의 예의라고 생각한다. 민감한 질문은 피하고 상대방이 좋아할 만한 개인적인 내용을 곁들여주면 생각보다 많은 것을 얻을 수 있다. 쉬운 것은 아니다.

부안에 내려가기 전 기존 기사들을 훑어봤다. 부안군과 주민 사이는 여전히 좋지 않아 보였는데, 당시 부안사태를 일으킨 군수가 이번에 재당선됐다. 의외였다. 이 사건이 어떤 의미를 갖는가를 찾는 게 목적이었다. 군수 인터뷰를 하고 싶었지만 굉장히 부담스러워했다. 특히 방폐장 관련한 부분은 일종의 기피사항처럼 느껴졌다. 섭섭하긴 했지만 이해는 한다. 부안 군민들 스무 명 정도 무작위로 만나서 물어본 결과 방폐장을 부안에 들어오게 했어야 했다는 의견이 우세했다. 군수가 재당선된 것을 보고 어느 정도 예상은 했지만 10여 년 만에 여론이 이렇게 바뀔 줄은 당시에 미처 예상하지 못했으리라. 여러 가지를 느끼게 한 취재다. 환경과 개발이라는 해묵은 논쟁에서 여론은 언제나 환경의 승리였다. 굳이 님비(NIMBY)를 언급할 필요도 없이 혐오시설이자 방사능과 관련된 공장이 들어선 것만으로도 공격의 빌미는 훌륭했다. 격렬한 반대 끝에 이룬 승리가 후회로 귀결될 줄은 몰랐을 것이다. 지금 생각해보면 당시 군수가 상황을 지나치게 낙관했던 게 원인으로 보인다. 분명한 반대 이유가 있는데도 군민을 설득하는 과정을 거치지 않고 일방적으로 통보만 했으니 반감이 극심했을 것이다. 정부에서도 반성은 있었다. 거칠게 표현하면 이런 시설을 들어서게 할 때 주민투표를 먼저 거치게 하고 당근을 많이 준다는 것이다. 경주는 당근을 많이 가져갔다. 부안은 상처만 남아 있다.

땅콩회항 사건(2014. 12. 15)

"대한항공은 지금 '양파항공'으로 불린다. 까도까도 자꾸 문제가 나온다는 뜻이다."

'땅콩회항' 사태로 곤욕을 치르고 있는 대한항공 내부에서 경영진 행태를 정면으로 비난하는 목소리가 터져 나왔다. 직원들끼리 서로 감시하게 만들고, 온라인 사내게시판과 노조게시판까지 검열하는 등 '왕조시대'를 연상케 한다는 지적이다.

대한항공 조종사 A씨는 14일 본보와의 통화에서 "'한웨이'라는 직원 전용 내부 홈페이지가 있고 그 안에 '고객의 소리' 게시판이 있다. 이 게시판에 직원이 글을 올리면 경영진이 직접 비판적 댓글을 달며 사실상의 검열을 하고 있다"고 말했다. 그는 "최근 어느 사무장이 업무 관련 글을 올렸는데 '이런 건방진'이란 댓글이 달렸고, 특정 사안을 이렇게 조치했다는 글에도 '누구 마음대로'란 댓글이 붙었다"며 "온라인 게시판에 대한 통제가 심해 직원들이 무서워한다"고 했다.

기장과 부기장, 승무원끼리 서로 감시하게 만든다는 지적도 나왔다. 같은 비행기에 타는 승무원 중 한 명을 지정해 어떻게 일을 하는지, 사무장이 무슨 말을 했는지 등을 기록해 보고토록 했다는 것이다. 노조 등이 반발하자 2009년 공식적으로 이런 보고 의무를 없앴다고 한다. 하지만 여전히 상호감시체계는 가동되고 있다고 A씨는 지적했다.

그는 "'이 승무원은 키가 크니 행사 활용도가 높다'거나 '모 승무원은 남자친구가 무슨 일을 해서 앞으로 주목해야 한다' 같은 개인적 부분까지 보고돼 인권침해의 소지도 있다"며 "직원끼리 서로 감시케 해 사내 문화에 부정적 영향을 주고 오로지 한 사람 눈치만 보는 회사로 만든다"고 꼬집었다.

지난 11월 조종사 노조 홈페이지의 '열린 마당' 게시판에는 '07사번 부기장'이란 아이디로 회사를 비판하는 글이 올라왔다. 사측은 바로 조사에 나서서 이 글을 올린 직원을 찾아냈고 글을 삭제토록 요구했다고 한다. 해당 글은 현재 사라진 상태이다. 하지만 이후 조종사 노조원들은 항의 표시로 '07사번 부기장'이란 아이디를 달아 회사 비판 글을 올리고 있다. 노조 측은 "회사가 글을 올린 조합원 개인을 직접 접촉했다는 건 정당한 노조 활동을 위축시키는 부당노동행위"라며 성명을 내기도 했다.

대한항공은 '땅콩회항' 항공기의 기장이 지난 11일 검찰에 출석할 때 회사 변호사와 동행토록 한 것으로 확인됐다. A씨는 "조종사 노조에서 해당 기장에게 변호사를 따로 선임토록 조언했지만 회사는 사측 변호사를 대동케 했다"면서 "이 과정에서 회사 측이 기장에게 밤에도 수차례 전화하며 압박했던 것으로 안다"고 말했다.

대한항공 조종사 노조는 14일 성명을 내고 국토교통부와 검찰 수사를 강하게 비판했다. 국제민간항공기구(ICAO) 규정은 항공기 조사 관련 특정 자격을 가진 사람만 기장에 대한 조사를 할 수 있고 사법기관은 그 결과 범죄 행위가 발견될 경우 수사를 시작토록 권고하는데 이를 어겼다는 것이다.

◈◈◈

대한항공 땅콩회항 사건을 기억할 것이다. 대한항공 조현아 전 부사장이 2014년 12월 5일 뉴욕발 한국행 비행기 1등석에서 마카다미아를 봉지째 가져다준 승무원의 서비스를 문제 삼아 당시 박창진 사무장을 내리게 하기 위해 비행기를 회항시킨 사건이다. 이로 인해 20분 정도 출발이 지연되었고 12월 8일 기사화됐다. 이후 대한항공은 승무원에게 책임을 전가하는 사과문을 발표했다. 논란이 일자 조 전 부사장은 사퇴하기로 했으나 주요 보직은 계속 유지해 구설수에 올랐다. 결국 12월 10일 그는 부사장에서 물러났다. 참여연대가 조 전 부사장을 항공법 및 항공보안법 위반 등으로 고발하면서 국토교통부와 서울서부지방검찰청의 조사가 시작됐다. 국토부 조사 결과는 봐주기 의혹을 일으켰을 뿐만 아니라 조사과정에서 거짓 진술 강요가 드러나 사건은 더 커졌다. 2014년 12월 30일 조 전 부사장은 항공보안법상 항공기항로변경죄, 항공기안전운항저해폭행죄, 형법상 강요죄, 위계에 의한 공무집행방해죄 등의 혐의로 구속됐다. 2015년 2월 12일 1심 선고공판에서 위계에 의한 공무집행방해죄만 무죄로 인정되고 나머지 혐의가 모두 유죄로 인정되며 징역 1년의 실형을 선고 받았다. 5월 22일 항소심 법원에서는 조 전 부사장의 회항 장소가 '계류장'으로서 항로변경죄의 대상이 되지 않는다고 보아 징역 10개월 집행유예 2년을 선고했다.

2014년 12월 8일 첫 기사가 나오고 당시 사회부 기자들은 후속 보도에 대한 압박으로 머리가 지끈거렸다. 결국 지푸라기라도 건지자는 심정으로 대한항공으로 무작정 갔는데 실패했다. 필자는 국회 출입 시절 알고 지내던 비서를 통해 소개받은 기장 덕분에 한시름 놓게 됐지만 스트레스로 고생이 이만저만이 아니었다. 특히 박창진 사무장이 까다롭게 인터뷰에 응했고, 더구나 신문사는 상대조차 해주지 않아 섭섭함이 있었다. 다음은 대한항공 앞에서 뻗치기 했던 상황들을 기록해 놓은 것이다.

오전 9시 50분

공항동 대한항공 본사 건물 앞은 B동 출입구 A동 출입구가 있고 A동 출입구는 현재 공사 중. B동 출입구 앞에는 경비원 두 명이 서서 차량과 사람들을 통제함. 미리 내부 직원과 약속돼 있지 않으면 입구로 들어갈 수 없다는 말을 함.

오전 10시 30분

흰색 코트에 뒤로 묶은 머리, 파란색 제복 입은 여승무원 택시 타고 입구에서 내림. (안녕하세요. 오늘 출근하시나 봐요.) "네." (조현아 부사장 때문에 한 마디 여쭤보려고 하는데요.) "아 저는 잘 몰라요. 죄송합니다."

오전 11시 30분

똑같은 복장의 여승무원 벤츠 E클래스 조수석에서 내림. 운전은 안경 쓴 30대 중후반의 남성이 함. (안녕하세요. 출근하세요?) "네. 무슨 일이신지요?" (기자인데요. 여쭤볼 게 있어서요. 혹시 박창진 사무장님 휴가 내셨던데, 다른 분들은 회사 나오세요?) "아… 저는 잘 모르겠어요. 죄송합니다." 여승무원 회사로 들어가고 남편으로 보이는 남성이 "직장 생활 하시니 잘 아시지 않느냐. 조직이니까"라고 말함. (원래 좀 회사 내부적으로도 말이 많더라구요. 조 부사장.) "어쩌겠냐. 나도 잘은 모른다. 알아도 말하기 껄끄러운 게 있고." (뭐 들은 게 있나요?) "어느 회사에나 있는 그런 것들이지. 자세히는 모른다"라면서 차 타고 떠남.

오후 1시 10분

20대 후반 여승무원 A동 쪽에서 캐리어 끌고 B동 입구로 이동 중. (안녕하세요. 토요일인데 나오셨네요.) "네." (제가 끌어드릴게요.) "아니요. 괜찮아요." (요새 여승무원들 고생 많으시겠더라구요.) "네." (조 부사장 사건에 대해 회사에서 직원들에게 입단속시키고 그래서 다들 분위기가 안좋다던데.) "저 빨리 들어가야 해서요. 죄송합니다."

오후 2시 30분

대한항공 버스 한 대 건물입구에서 나옴. 안에는 운전사만.

횡단보도 건너편에서 여승무원 캐리어 끌고 나타나 기다리는 중. (회사에서 이번 사건 관련해 입단속시킨다면서요?) "네? 아무래도 외부로 말하기가 좀 그래서요." (혹시 다른 건 없나요?) "죄송합니다."

오후 3시 30분

여승무원 2명 캐리어 같이 끌고 택시에서 내림. 죄송하다는 말만 연발하며 안으로 들어감.

오후 5시

머리가 반 정도 벗겨진 50대 중후반의 브라운 패딩의 남성, 검은색 등산용 바지 입고 캐리어 끌고 A동 입구 근처에서 주차하고 건물 옆에서 나타남. (대한항공 직원이시죠?) "아… 뭐… 저는 여기서 그냥…." (직원들 요새 힘들지요?) "…" (그 있잖아요. 조현아 부사장. 선생님 뭐 들으신 거 없어요?) "하하 원체 세신 분이라." (들어보니까 유명하시던데…) "전 직접 만나지 않으니까요." (원래 이런 일 터지면 여기저기 소문은 많이 들어오잖아요.) "흠…." (회사에서 입단속하라던가요? 그렇다고 아까 들었는데.) "조심해야죠."

오후 6시 30분

40대 남성, 검은색 패딩, 정장바지 입고 등장. (지금 오시는 건가요?) "네." (회사 요새 분위기 안 좋더라구요.) "…" (회사가 너무 비인간적이라는 생각도 들고 그래요.) "네." (조 부사장 이제 어떻게 될지 모르겠네요.) "언론이랑 말하면 안돼서요." (회사에서 그렇게 하라고 했다면서요?) "죄송합니다."

◈◈◈

당시 기록을 보면 알겠지만 건진 게 없다. 보통은 한 명 정도는 말해주는데 허탈할 정도였다. 기록해 놓은 것만 봐도 답답한데 기록조차 못한 사람과의 대화는 얼마나 많겠는가. 토요일이라 그런가보다 하고 스스로 위안하고 돌아왔다. 회사 앞에서 오전 오후를 하릴없이 서서 돌아다니며 이사람 저사람 물어보며 말 걸기를 수십 명. 어두워져서 지쳐 돌아왔다. 취재가 실패도 할 수 있는 거라지만, 이날의 기억은 무척 좋지 않다.

우리 사회는 내부고발자를 좋게 보지 않는다. '내부고발자 보호법'이 있는데도 마찬가지다. 오래전 군대 내 부정선거를 고발한 군장교가 있었다. 또 '보도지침'사건을 양심 선언한 기자도 있었다. 이후 사건이 커져 동일한 사태는 일어나지 않았지만 그 사실을 알린 사람은 보호받지 못했다. 실업자로 전락했고 배신자로 낙인 찍혀 다른 회사에서도 받아들이려 하지 않았다. 한국남동발전에서도 유사한 일이 있었다. 2014년 2월 A씨는 회계 부정을 저지른 상사와 동료를 사내 제보 시스템을 통해 내부 고발했다. A씨는 두 번 징계를 받았다. 또 남동발전은 내부고발자를 공개하고 고발자와 피고발자를 10개월이나 같은 부서에서 근무하게 했다. 부패방지법으로 보호받아야 하지만 법망을 피하는 방법은 많다. 우리 사회가 내부고발자를 어떻게 보는지 알 수 있다. 공기업이 이 정도다. 사기업은 말할 것도 없다. 대한항공은 사기업이다. 다른 기업이라고 다를 거라 생각하지 않는다. 선진국으로 가는 길은 아직 멀다.

통합진보당 정당해산 결정(2014. 12. 20)

2014년 12월 19일. 통합진보당 해산 결정이 나던 날이다. 그 날은 무척 추웠다. 기자수첩에 만년필로 기록을 하곤 하는데 만년필 잉크가 잘 나오질 않을 정도. 만년필보다 더 큰 문제는 손가락이 얼어 글씨를 쓸 수 없다는 것인데 인근 편의점에서 핫팩을 산 후 호호 불며 아득바득 글씨를 써나갈 때는 서럽기까지 했다. 갓길에 차를 댄 채 편하게 기사를 작성하는 타사 기자들을 보고 오기가 생겼다. 시위는 광범위하면서 열정적이었다. 통진당에 우호적인 세력과 적대적인 세력 간의 다툼은 찬바람에도 힘이 넘쳤다. 의경들은 빽빽이 그들을 둘러쌌다. 빈틈이 없었다. 사람 한명 지나가기 힘들게 진형을 짜고 일사분란하게 움직이는 모습을 보며 가슴 한켠으로 씁쓸한 감정이 일었다. 저건 절대 한두 번 해본 솜씨가 아니다. 오랫동안 쌓인 노하우의 집결체였다. 당시 언 손을 비비며 상황 스케치한 부분을 여기에 소개하겠다. 다소 광기에 사로잡힌 듯한 모습이었다.

헌법재판소 주변 상황 스케치

- 오전 9시 50분쯤 어버이연합 회원이라 밝힌 50대 남성 헌재 맞은편 횡단보도에서 헌재 쪽으로 건너오려다 경찰들에게 제지당함. 파란색 패딩과 솜 귀마개 한 채였음. 5분 정도 실랑이 후 헌재를 빙 돌아서 나감.
- 오전 10시 현재 어버이연합 회원들 재동 sk주유소 맞은편에서 시위 도중 헌재로 이동하려고 하자 경찰들 막고 있는

중. 50대 보수단체 여성회원이 이에 항의하는 의미로 인도 바닥에 드러누워 경찰에 대항 중. "왜 못 가게 해. 노인을 이렇게 대우하지 마."

- sk주유소 앞 오전 10시 25분쯤 어버이연합 등 보수단체 회원들 도로로 난입. 경찰들 3분 만에 인도로 다시 몰아냄.
- 오전 10시 35분 어버이 등 도로로 난입 재시도. 경찰이 '인의 장벽'으로 막고 있음. 30여 명이 '어이차' 하면서 밀고 나가나 추가된 경찰에 의해 다시 밀림.
- 오전 10시 37분 통합진보당 정당해산 결정 뉴스 나오자 어버이연합 등 "만세 공산당 물러가라" 등 외침. 이어 애국가 부름.
- 오전 11시 어버이연합 김모(63) 씨 "대한민국의 헌법 가치를 인정받는 날. 해산 결정은 당연한 것. 압도적인 결정으로 해산. 헌법이 살아 있는 것을 증명했다"며 소감.
- 북한인권학생연대는 "통진당 해산 선고는 국민에게 온 크리스마스 선물"이라고 말함. 이어 "통진당은 헌재 결정 존중하고 각종 시위를 멈추라"고 덧붙임.
- 오전 11시 20분 탈북자단체연합 역시 "통합진보당 정당해산 결정은 자유민주주의 체제를 지키기 위한 정의로운 결정이다. 그러나 이에 그쳐서는 안 된다. 통진당 당원 명단을 공개해 대한민국 곳곳에서 암약하고 있는 종북주의자들을 뿌리 뽑아야 할 것"이라고 주장함. 북한민주화청년학생포럼, 북한전략센터, NK워치, 북한민주화위원회, 한국자유총연맹 북한지부에서도 왔다고 함. 30여 명.
- 오전 11시 30분 어버이연합 등 해산하기 시작. 경찰은 해산하

라고 계속 외치고 있음. 기쁨에 겨운 어버이연합 남성회원 눈물까지 글썽이며 만세 삼창 다시 외침. "종북 물러가라! 대한민국 만세!"

실제 현장에 있을 때 저 모습을 지켜보며 다소 미묘한 감정을 느꼈다. 1980년대로 돌아간 듯한 기분이었다. 전쟁이 끝난 지 60년이 넘었지만 우리는 여전히 전쟁 중이다. 반공에 대한 집착은 '내편 아니면 적'이라는 사상을 낳았다. 정당한 비판도 '종북'이라는 단어에 묻혔다. '매카시즘'은 언제든지 고개를 들 수 있다. '보수주의자'들도 그 점을 염려한다. 흑백 논리는 편하다. 복잡하게 주장과 근거를 검토할 필요도 없다. 적은 적이다. 다음은 통합진보당 해산 결정 이후, 향후 상황에 대한 전문가 인터뷰다. 총 3명을 인터뷰했다. 전문가들 역시 이 사건을 바라보는 시선은 달랐다.

◎ **김모 교수**(D대학교 정치외교학과)

통진당 해산 결정으로 이념 갈등이 종식될까요?

아니죠. 더 심해지죠.

이 사안에 대한 본질이 뭘까요?

일단은 이념적 갈등을 떠나서 문제가 뭐냐면 헌재와 입법부는 다르다는 것. 입법부는 국민을 대리하는 선출된 권력이다. 이 선출된 권력에 대해 선출되지 않은 사법부가 개입한 것. 신중할 줄 알았는데 신중하지 않아서 당황했다. 8대 1이라는 숫자도 당황스럽다. 헌법재판소 자체가 정치화 될 것. 잘못된 판단을 한 것이다. 헌재 재판관은 6년 임기가 있다. 과거에는 정치적 사안에 대해 의견을 극도로 제한했었다. 판을 나누거나 편들어주지는 않았는데 이 사안에 대해서는 누구 편을 들었다고 해석될 가능성이 크다. 향후 새로 재판관 임명할 때 순조롭게 되겠느냐. 재판관 누굴 임명하느냐에 따라 이미 결론이 나버리니 편싸움이 될 것이다.

집회 시위 표현의 자유란 측면에서 활동이 위축된다는 우려도 있는데 앞으로 어떻게 풀어나가야 할지?

애매한 것이 이거다. 정치학자들은 대부분 이번 판단에 대해 잘못됐다고 볼 것이다. 그런데 이 대상이 국민 대다수가 싫어하는 정당. 그래서 국민들이 믹스된 감정을 가질 것. 통진당이 사라진 것 자체로 좋아하는 사람이 꽤 있을 것이다. 표현의 자유를 억압한다는 논의가 있겠지만 폭넓게 논의가 진행될 것인지 의문이긴 하다. 물론 이번 결정으로 향후 집회 시위 표현의 자유가 위축되는 것은 맞다. 헌정 사상 처음 있는 일이라 보수 쪽 집회는 물 만난 고기마냥 활개를 치고 진보 쪽 집회는 다소 소극적으로 되겠지. 해결 방법은 당장은 없다. 장기적으로 논의해야 할 문제다.

이번에 위헌정당해산심판을 청구한 정부에 대해서도 진보 진영의 불신이 커지고 있는데 이 부분은 어떻게 보시는지?

저는 정부에 대해 불만이 있는 것은 맞지만, 정부도 해산될 것을 기대하고 하지는 않았을 것이다고 본다. 이석기 판결이랑 좀 안 맞는 부분도 있는데, 여야의 싸움이라기보다는 사법권력의 범위와 한계에 대한 논의가 진전돼야 한다. 정부에 대한 진보의 불신은 어제오늘 일이 아니지 않는가. 국회 차원에서 논의할 문제라고 본다.

앞으로 보혁 간의 갈등 상황이 심해질 것 같은데, 이걸 해결할 방법은 어떤 게 있는지?

해결은 무슨. 이미 이렇게 됐는데. 나도 통진당 싫어해요. 문제가 있는 당은 맞는데, 그렇다고 해서 사법권력이 입법권력에 개입했다는 것. 특히 정치적인 사안에 대해 개입하는 것은 헌재 자체가 정치화 된 것이다. 이 부분 뒷감당을 어떻게 하려고. 걱정해야 한다. 국회 차원에서 액션이 들어갈 것. 향후 법 개정이나 개헌 얘기 나올 때 헌재 얘기도 분명 나올 것이다. 사법권력이 정치화 돼서 입법권력을 제한한다는 것은 헌법 안에서만 되는 것이지. 개별 정치 사안으로 할 수 있는 것은 아니다. 임기 끝나는 분들 다시 임명할 때 보면 국회선진화법이 적용 안돼요. 여당에서 강행하고 그럴 것이다. 폭력사태 벌어질 것. 이번 판단은 이미 나와 버렸지만 헌재의 입법권력에 대한 제한을 국회 차원에서 논의해야 한다. 향후 정치 사안에 대해 사법부가 개입하는 것을 막아야 할 것이다. 즉 보혁 간의 갈등을 해결하려면 사법부의 정치화를 막는 것이 중요하고 그걸 위한 국회 차원의 논의가 필요하다고 본다.

◎ **이모 교수**(H대 정치외교학과)

통진당 해산 결정으로 이념 갈등이 종식될까요?

우리나라에 보수 진보 갈등 상황은 계속됐다. 정의당도 있지 않은가. 진보적인 생각을 갖고 있는 사람들이 있으니까 통진당 해산으로 해서 그런 갈등이 종식된다고 보지 않는다. 그러나 진보세력 중 NL쪽, 주체사상, 종북, 그런 진보는 일단 우리 사회에서 용납되지 않는다는 것을 보여준다. 그거 말고도 진보적 가치는 많다. 그런 것을 주장하는 집단은 지속적으로 남아 있을 것. 통진당 해산을 진보세력의 소멸로 보는 것은 잘못된 해석이다.

앞으로 보혁 간의 갈등 상황이 심해질 것 같은데, 이걸 해결할 방법은 어떤 게 있는지?

심해진다 안 심해진다 그건 관점에 따라 다르지만, 오히려 종북 빼놓고 정말 정의당이 얘기하는 진보라든가 그 외 거론되지 않은 많은 진보세력이 있는데. RO 빼놓고. 그들과의 의견 충돌은 계속될 것. 오히려 건전하다고 본다. 우리 사회의 발전을 위해서. 진보와 보수 간의 줄다리기는 필요하다. 이제는 종북을 빼놓고, 그런 보혁 간의 건전한 갈등 상황을 만드는 것이 필요하다고 본다.

집회 시위 표현의 자유란 측면에서 활동이 위축된다는 우려도 있는데 앞으로 어떻게 풀어나가야 할지?

오히려 한편에선 우리 체제에 대한 정통성 부분을 얘기한 것이니, 그것을 제외하고는 표현의 자유는 더 확산돼야 한다. 종북 딱지만 빼고 떳떳하게 진보활동을 하면, 즉 가난하고 소외된 사람을 위한 정치를 하겠다고 목소리를 내면 활동은 확장될 것. 이번 판결이 우리 사회가 발전하는 데 도움이 되려면 그렇게 해야지. 무서워서 말 못하면 진정한 진보가 아니다. 이제는 떳떳하게 하는 거다. 우리가 말하는 진보는 이런 거다. 이렇게 해야 한다. 우리는 세습체제 반대한다, 그런 걸 얘기하면서 진보적 주장을 하면 더 발전할 것이다.

이번에 위헌정당해산심판을 청구한 정부에 대해서도 진보 진영의 불신이 커지고 있는데 이 부분 어떻게 보시는지?

그것은 비난의 대상을 잘못 본 것이다. 정부는 법적 절차에 따라 청구를 한 것이지. 이번 결정으로 정부에 대해 반대를 한다면 미스 타깃. 정권의 차원으로 몰아가는 것은 잘못됐다. 형식상 정당 해산은 법무부장관이 하는 것이다. 그러니까 그렇게 된 것이다.

◎ **양모 교수**(Y대 정치외교학과)

이번 헌재 결정의 의미는?

사필귀정이다. 통진당이 뭐 전원이 그런 건 아니지만 일부에서 아무래도 상당히 종북적인 요소가 많았죠. 저는 뭐 종북좌파라고 하긴 뭐하지만 종북적 요소가 너무 많아서 사필귀정이다고 보는 것. 아무리 일부라도 당의 분위기를 좌지우지한 걸 보자면 통진당의 핵심멤버로서 이런 결정 당연하다. 잘된 결정으로 본다. 이념 논쟁으로 보면 안 될 것 같고.

통진당 해산 결정으로 이념 갈등이 종식될까요?

종식은 안 되죠. 그 사람들이 어떤 사람들인데. 이석기가 투옥

된 상태고 추종자들은 계속하겠죠. 국민의 극소수는 아무래도 그런 이념적 투쟁에서 벗어나려고 안할 것. 통진당 지지하는 사람들은 계속해서 투쟁을 전개할 것 같은데, 이번 결정이 하나의 모델이 돼서 그런 과격한 정당이 다시 등장하지 않았으면 좋겠다. 그래도 또 나올걸. 이름만 바꿔서 나올 거야. 가능한 한 우리 사회가 그런 극단적인 체제를 가진 활동을 벌이는 그런 사회가 돼서는 안 된다. 자유민주주의 체제는 보호해야 함. 물론 공산당도 활동이 가능하지만. 무슨 말이냐면 일본, 미국도 공산당이 있는데 의회 진출은 못하고 있다. 일부는 가끔 하지만 과격한 투쟁을 내세우지는 않는다. 합리적이고 온건한 진보가 자리를 잡는 기회가 됐으면 한다.

앞으로 보혁 간의 갈등 상황이 심해질 것 같은데 이걸 해결할 방법은 어떤 게 있는지?

해결은 국민 전체가 해야 하는 것. 합리적인 이념 성향을 가져야 하겠다. 그러니까 뭐냐면 일베 같은 것도 말이죠. 종북만 문제는 아냐. 황산 사태 봐봐. 신은미. 그러니까 좌우 극단적인 그런 것들은 당연히 법을 어길 때 엄단을 해야 해요. 법이 오히려 느슨한 경향이 있다. 실정법 어길 때는 가차 없이 엄단을 해야 되고 국민 전체가 이념 그런 것에서 온건하고 합리적으로 가야죠. 진보는 온건 진보, 보수도 온건 보수. 보수는 요새가 더 강경이야. 다 빨갱이로 몰아. 그래서는 안 되고 합리적이고 온건한 이념적 토양을 길러야 한다. 또 하나는 관용 문화. 똘레랑스. 이제 사상이 다른 사람에 대해서 좀 더 긍정적인 자세를 보여야 한다. 나는 신은미 이런 사람들 틀렸다고 본다. 왜 그걸 그렇게 키워놔. 그냥 놔둬버리면 그 사람을 국민들이 알겠어요? 부정적 측면에서 스타를 만들어놨어. 관상도 보기 싫다. 화면에 나오는 거 보면 어휴. 그런 사람들이 비관용적인 사람들이야. 남편도 보니까 어떻게 그런 말을 하냐 이거야. 한명도 지지하는 사람이 없다니. 박근혜 지지율이 30프로가 넘는데, 역대 대통령 지지율 비교하면 그런대로 뭐. 또 책임지는 사회가 돼야 해. 자기가 말한 것은 책임져야지.

집회 시위 표현의 자유란 측면에서 활동이 위축된다는 우려도 있는데 앞으로 어떻게 풀어나가야 할지?

그런 우려도 있지. 그러나 기본적으로 법적으로 보장된 권한이 위축된다고 보진 않아. 사회를 혼란시키는 그런 것은 가차 없이 엄단해야지. 그리고 또 일반 국민들의 기본권을 침해한다 그렇게 안봐. 극단적인 것은 과단성 있게 법적으로 제한해야 돼요.

이번에 위헌정당해산심판을 청구한 정부에 대해서도 진보 진영의 불신이 커지고 있는데 이 부분 어떻게 보시는지?

정부가 좀 성급한 것은 맞아. 그니까 정부가 앞장서서 한 것은 여러 가지 관제 성격이 있는데, 정부가 좀 그랬어. 다른 쪽에서 하게끔 해야 하지 않았나 생각해.

◈◈◈

인터뷰를 볼 때 정치적인 관점과 법적인 관점을 분리할 필요가 있다. 그러나 본 사안의 경우 그 두 관점을 분리하기 쉽지 않다. 사법권력 특히 헌법재판소는 정치적 결단에 어느 정도까지 개입할 수 있는가는 항상 문제돼 왔다. 지금까지는 지나친 사법 소극주의로 비판받았다. 그랬던 것이 행정수도 위헌 결정부터 사법 적극주의로 돌아섰다고 일반적으로 판단한다.

위헌정당 해산은 교과서에만 있던 제도로 여겨왔다. 독일에서 위헌정당을 해산한 적이 있지만 나치라는 특수성이 있었다. 우리의 경우도 과거 진보당 해산 사건이 있지만 엄밀한 의미에서 위헌정당 해산은 아니다. 1958년 조봉암의 진보당은 당시 오재경 공보실장(장관)의 등록 취소를 통해 행정처분으로 해산됐다. 사실상 헌법이 적용된 해산 결정은 이번이 최초다. 이걸 정치탄압으로 봐야 할지는 학자마다 견해가 다르다. 중요한 것은 정치세력에 대해 사법권력이 개입한 사건이라는 것이고, 이는 차후 얼마든지 반복될 가능성이 있다. 정치권이 이를 자신에 대한 공격이라고 받아들이면 복잡해진다. 헌법재판소 역시 이에 대한 계산을 끝냈을 것이다. 그러나 생각보다 파장은 미미했다. 통합진보당과 정의당을 합한 지지율은 10퍼센트도 되지 않는다. '찻잔 속 태풍'이었다.

공부방의 아이들(2014. 12. 24)

"아~아~그~"

신림동의 한 임대아파트에서 살고 있는 민우(10)는 조금만 흥분해도 말을 더듬었다. 장애가 있는 것은 아닌데 말하는 경험이 부족해 표현력이 서툰 탓이다. 할머니 황모(65) 씨와 단둘이 사는 조손 가정의 민우는 하루 종일 혼자 집에 있는 일이 많다. 할머니는 폐지를 주워 생계를 이어가고 있다. 아침 일찍 집을 나서 밤늦게 들어오는 할머니는 미리 밥을 해놓는다. 이렇게 민우는 홀로 지내는 법부터 배웠다. 사람들과 대화를 하는 일이 드물어 민우는 또래 아이들보다 표현력이 한 단계 떨어지게 됐다.

민우의 아빠 김모(38) 씨와 엄마 이모(35) 씨는 5년 전 이혼을 했다. 아빠는 술만 먹으면 엄마를 때렸다. 참지 못한 엄마는 이혼을 결심했다. 문제는 민우였다. 민우의 양육을 서로에게 미뤘다. 결국 친할머니가 민우를 맡아 키우기로 했다. 이후 아빠는 충청도에서 일용직으로 살아가고 있고 엄마는 소식이 끊겼다. 부모님 얼굴을 못본 지 5년, 민우의 말수는 더 줄었다.

학교를 가서도 마찬가지였다. 자기표현을 잘 못해 친구들과 오해도 많았다. 답답함에 주먹부터 먼저 나갔고 그럴수록 외톨이가 돼 갔다. 어려운 가정 형편에 학원은 꿈도 꿀 수 없었다. 지난해 할머니는 인근 식당 주인으로부터 서울대 학생들이 무료로 아이들을 가르치고 돌봐준다는 말을 들었다. 고민할 것 없이 바로 보냈다. 민우의 '다솜 공부방'과의 첫 만남이었다.

서울대 교육 봉사 동아리인 다솜 공부방은 서울 신림동에서 형편이 어려운 학생들을 대상으로 월~금요일, 오후 4시 30분부터 7시까지 수업을 한다. 방학 중에도 운영을 해 1년 365일 쉬는 날은 토요일과 일요일뿐이다. 그래도 선생님들은 힘이 난다. 아이들이 변화해 가는 모습에서 보람을 느끼기 때문이다.

민우가 처음 다솜에 왔을 때 했던 일은 구석에 홀로 앉아 책을 읽는 것이었다. 그러나 눈은 주변을 살피며 아이들이 노는 모습을 부러운 듯 쳐다봤다. 한 아이가 "안녕" 하고 인사하자 당황해 "아… 아…" 하며 말을 잇지 못했다. 다솜 공부방 선생님 A씨는 당시를 회상하며 "민우에게는 마음을 가라앉히는 것이 우선이었다"며 "억지로 말을 하게 하는 것보다 먼저 머릿속을 정리하는 방법을 깨우치게 하려 했다"고 했다.

친구들과 싸울 때면 더듬는 버릇이 두드러졌다. 뭔가 억울한데 표현이 되지 않아 울음을 터뜨리는 일이 많았고 그럴 때마다 민우를 조용히 방으로 데려가 달래는 것은 선생님들의 몫이었다. 가만히 지켜보며 마음을 가라앉힐 시간을 주고 생각을 글로 써보라고 했다. 그리고 자신이 쓴 글을 소리 내어 읽도록 했다. 처음에는 글을 쓰는 것도 잘 못했던 민우는 6개월이 지나자 한결 여유롭게 생각을 표현할 수 있게 됐다. 다솜의 선생님들은 민우를 가르칠 때 성급한 성과주의를 경계했다. 10년 가까이 형성된 인격이 하루아침에 바뀌는 것은 쉽지 않아서다. 꾸준하게 인내하며 학생을 믿고 기다리는 것이 가장 중요하다는 뜻이다.

민우는 올해 초 이사를 가 더 이상 다솜에 나오지 않는다. 그러나 1년 가까이 기울인 선생님들의 노력은 민우를 글 잘 쓰고 말 잘하는 아이로 조금씩 바꿔놓았다. 친구가 자신의 볼펜을 가져가 자기 것이라 우길 때 당황해 울면서도 말을 더듬지 않았다. 민우가 친구에게 "가방 안의 필통을 봐. 거기에 나랑 같은 볼펜이 있으면 너가 지금 쓰고 있는 것은 내 것이다. 그럼 내가 사과할게"라고 말할 때 선생님들은 적잖은 감동을 받았다고 한다. 특히 싸울 때는 다른 사람처럼 보였다. 한 번 심호흡을 하고 "무슨 말을 하는지 모르겠어. 글로 한 번 써보면 내가 잘 알아들을 것 같아"라고 차분히 대응할 때는 "더 이상 가르칠 게 없으니 하산하라"고 장난

스레 말을 건 선생님도 있었다. 강 씨는 "체력적으로 힘든 순간도 있지만 민우처럼 변화가 생기는 아이들을 볼 때마다 뿌듯하다"면서 빨간 펜에 힘을 주며 금일 수업 계획표에 동그라미를 그렸다.

상희(9)는 편모 가정이다. 아빠는 상희가 6세 때 교통사고로 돌아가셨다. 이후 엄마는 식당에서 일하며 상희를 키우고 있다. 한창 아빠와 놀 나이인 상희는 늘 아빠 있는 애들을 부러워했다. 그래서인지 남자 선생님을 보고 아빠의 모습을 찾는다. 남자 선생님을 쫓아다니며 사랑을 독차지하려 한다. 7시에 끝나고 집에 데려다줄 때도 유독 남자 선생님에게 데려다달라고 졸랐다.

선생님들은 상희를 안쓰러워했다. 자신에게 신경써 주지 않는다고 소리 지를 때도 묵묵히 다가가 달래주고 보살폈다. 사실상 아빠 역할을 한 것이다. 상희는 선생님에 대한 집착 때문에 종종 거짓말도 했다. 친구가 때리지도 않았는데 때렸다며 동정을 사려 했고 일부러 볼펜을 숨기며 친구가 훔쳐갔다고 말해 관심을 유도했다. 아빠 역할을 하겠다고 마음먹은 선생님들은 그때마다 크게 혼냈다. 그러나 혼을 낸 후에도 상희를 안아주며 달래는 것을 잊지 않았다. 마음이 안정되자 상희의 집착도 줄었다. 친구들과 곧잘 놀고 선생님을 찾는 횟수도 줄었다. 가장 많이 시달렸던 남자 선생님들은 뿌듯하면서도 섭섭한 감정을 느꼈다고 한다.

다솜 공부방은 월요일에 영어, 화요일에 수학과 체육, 수요일에 미술과 과학, 목요일에 수학과 교육기부 프로그램(국악 등 배우기), 금요일에는 영어와 특정 주제 탐구를 가르친다. 중간에 간식시간이 있고 마지막 30분 동안은 놀이터에서 아이들과 놀이를 한다. 교재와 간식은 다솜에서 조달한다. 교재비와 각종 비품, 간식

비로 한 달에 80만 원 정도 지출된다. 후원금으로 다달이 50만 원 정도 들어오고 서울대학교에서 1년에 120만 원을 지원해주지만 운영에는 역부족이다. 부족분은 선생님들이 사비로 메운다. 5년 전 다솜 공부방 활동을 했다는 김모(28) 씨는 "선생님들이 과외를 해서 번 돈으로 애들 간식을 사오는 경우도 있었다"면서 "사명감이 필요한 동아리"라고 말했다.

현재 다솜에서 일하는 선생님은 28명, 가르치는 학생은 17명이다. 매일 7명 정도의 선생님들이 돌아가면서 수업을 하고 있다. 7시에 수업이 끝난 후 선생님들은 모든 학생들을 집까지 데려다준다. 시험기간과 방학기간에도 운영하는 탓에 선생님들은 학점도 포기했다. 그러나 선생님들과 학생들의 얼굴에는 늘 따뜻한 웃음이 걸려 있다.

◈◈◈

서울대 인근에는 난곡이라는 지역이 있다. 말 그대로 가난한 골짜기라는 뜻이다. 대표적인 달동네였고 조금씩 나아지고 있다지만 어려운 지역인 것은 여전하다. 다솜은 필자가 학부시절 잠시 몸담았던 곳이다. 10년도 더 지나 지금은 중앙 동아리가 돼 있어 어색했는데 여전히 난곡이 주 활동 지역이었다. 2002년 당시 다솜은 아이들을 가르치는 장소를 구하지 못해 곤란을 겪었었다. 아파트 부녀회에서 공동으로 쓰는 창고를 공부방으로 쓰라고 내줬는데 부녀회 반대세력이 창고는 공용이므로 공부방으로 내줄 수 없다고 해 아이들을 가르치는 동안 큰 소란이 있었다. 국어 공부를 가르치고 있는데 밖이 소란해 나가 보니 아파트 주민들끼리 주먹싸움을 하고 있었고 다솜을 이끌던 회장은 중간에서 매우 난처해했다. 조그마한 이권으로, 아이들이 보는 앞에서 어른들이 몸싸움을 벌이는 모습을 어떻게 판단해야 할지. 좋은 모습은 아니다. 결국 아이들 부모님 아파트를 사용하기로 하고 대충 정리가 됐다.

2014년 다솜은 어떤 모습일지 궁금했다. 여전히 장소를 구하지 못하고 있는지, 운영은 잘되고 있는지 등 나름 애정이 있었음이라. 다행히 장소 걱정은 안하는 것 같았다. 운영비야 항상 부족했으니까 말 안 해도 알 수 있는 것이고. 중앙동아리가 되며 다양한 과의 학생들이 모여 규모가 다소 커진 것 같기도 했다. 여러모로 성장하고 있는 모습을 보는 것은 기분 좋은 일이다.

아이들은 가난도 가난이지만 성격적으로 문제가 있는 애들도 많다. 선생님을 때리는 경우도 있고 아이들을 괴롭히기도 한다. 욕설은 기본. 그런 모습에 실망해 중간에 그만두는 선생님도 있지만 대부분 잘 견뎌냈다. 아이들에게 교양을 바래서는 안 된다. 가난하니까 착할 거라는 것도 편견이다. 어긋난 애도 많고 비뚤어진 애도 있다. 도 닦는 마음으로 아이들을 대해야 한다. 이 중에 한명만 제대로 교육시켜도 성공이다. 아이들은 가능성의 집합체다. 그 가능성에 희망을 건다.

소개팅 어플 범람시대(2015. 1. 5)

"1.73점, 불합격입니다."

서울의 한 대형 건설사에 다니는 한용주(31) 변호사는 회원가입이 받아들여지지 않자 적잖은 충격을 받았다. 180센티의 훤칠한 키에 명문대를 졸업한 고스펙의 소유자인 한 씨는 소개팅에서도 갑질을 할 정도로 꿀리지 않는 화려한 경력을 자랑했지만 이번만큼은 아니었다. 기존 회원이 한 씨에게 던진 외모 점수는 5점 만점에 1.73점. 거의 최하 점수로 회원가입이 받아들여지지 않자 그는 레이저 피부 박피 시술을 고려하고 있다. 자존심이 상했다.

외모를 기준으로 회원가입을 받아주는 스마트폰 애플리케이션(앱)이 등장했다. 일명 소셜데이팅 애플리케이션으로 분류되는 이 앱은 '아무나 만나지 않는다'(아만다)로 지난 10월 첫선을 보였다. 누적 가입 신청자 수는 5만 명을 넘었고 이달 첫 주에만 2만 명이 새로 가입 신청했다.

아만다의 회원가입 방식은 오로지 외모로만 결정된다. 출신 대학 등에 따라 제한을 뒀던 '스카이피플'보다 더 까다롭다. 가입 신청은 자유롭지만 기존 이성 회원들의 외모 심사를 통과해야 한다. 신청자가 기본적인 프로필 정보와 사진 3장을 올리면 30명의 기존 이성 회원들이 얼굴을 평가한다. 5점 만점에 평균 3점이 넘어야 회원가입이 승인된다.

얼굴만을 기준으로 심사가 진행된 탓에 아만다 회원가입은 일종의 자랑거리가 됐다. 회원가입이 됐다며 자신의 블로그나 카페에 글을 올리기 시작하자 사람들의 입소문을 탔다. 점수에 따른 별칭도 있다. 1점대는 오크, 2점대는 평범, 3점대는 훈훈, 4점대는 뛰어나다는 뜻의 존잘·존예 등으로 불린다.

소셜데이팅 열풍은 세계적 추세다. 중국에서 소셜데이팅 사용자는 1억 4000만 명에 이르고 미국도 4000만 명 이상이 관련 서비스를 이용 중이다. 시장조사업체 주니퍼리서치에 따르면 지난해 미국 소셜데이팅 시장 규모는 13억 달러에 달했다. 관련 기업만 약 7500여 개다. 국내에는 약 170여 개의 앱이 있다. 국내 시장 규모는 지난해 약 200억 원 수준이고 올해 최대 500억 원으로 업계에서 추정하고 있지만 정확한 데이터는 집계되지 않고 있다.

대표적인 소셜데이팅 앱은 '이음'이다. 출시된 지 약 3년이 지났지만 매일 두 명씩 이성을 소개시켜준다는 콘셉트로 현재는 월 5억 원 이상의 매출을 올리고 있다. 이음의 누적 회원 수는 100만 명을 돌파했으며 지금까지 이음을 통해 결혼까지 골인한 커플은 88쌍에 이른다. 이외에도 '이츄', '시타미', '㎞' 등의 소셜데이팅 앱이 있다.

이처럼 소셜데이팅 앱의 시장이 커진 이유는 주변 사람에게 소개팅을 부탁할 필요 없이 다양한 이성과 만날 수 있다는 점과 주선자의 눈치를 보지 않아도 되는 점이 작용한다. 스마트폰의 보급도 한몫했다. 언제 어디서든 손안에서 상대방의 정보와 반응을 바로 확인할 수 있다. 직장인들은 누군가를 만날 시간이 부족하다. 소개팅 한번을 해도 많은 노력이 필요하고 서로 잘 몰라 연인으로 가기 어렵다. 귀찮기도 하다. 소셜데이팅이 인기를 끄는 이유다. 상대방 성격과 관심사 등도 미리 알 수 있다. 사람들의 인식도 변화했다. 소셜데이팅 서비스를 종종 이용한다는 김용환(27) 씨는 "나이트클럽에서 만나는 것보다 덜 부정적이고 앱을 통해 만났다고 말해도 이상하지 않다"고 말했다.

소셜데이팅이 장점만 있는 것은 아니다. 가장 우려되는 것은 신상정보의 유출이다. 통신사, 은행, 쇼핑 사이트 등의 개인정보 유출 사고는 이러한 우려가 기우가 아니라는 것을 보여준다. 아직 구체적인 유출 사례는 없지만 '이음' 등의 업체들은 고객의 개인정보가 노출될 경우 경제적 손해 등을 보상하는 배상책임보험에 가입하는 식으로 대책을 세우고 있다.

만나는 사람 역시 문제다. 11월 울산지법은 소셜데이팅 앱으로 만난 10대 청소년을 성폭행한 혐의로 20대 남성에게 징역 3년을 선고했다. 2012년 창원에서는 채팅 어플을 통해 만난 여고생을 아파트 옥상에서 3차례 성폭행한 20대 남성이 구속됐다. 지난 10월에는 대구에서 소셜데이팅 앱을 이용해 10여 차례 성매매를 한 혐의로 김모(22·여) 씨가 경찰에 붙잡혔다. 이처럼 소셜데이팅 앱은 검증되지 않은 이성도 있어 성범죄에 악용될 여지가 높다.

이성과의 만남이 가볍다는 지적도 있다. 자신의 실제 직업이나 나이 등을 속이는 경우는 부지기수다. 개인 정보라 업체에서 검증하기 힘들다는 점을 악용해 이성이 선호하는 정보를 기입 후 만남을 유도하는 식이다. 이런 만남은 일회성이 짙다. 얼마 전 소셜데이팅 앱을 더 이상 이용하지 않으려 한다고 밝힌 이은지(27·여) 씨는 "외모, 직업, 학교 등 기본적인 정보를 속이는 남자들이 많았다"면서 "이런 남자들이 원하는 것은 다분히 성적인 부분"이라고 이유를 밝혔다.

이와 관련 업체의 한 전문가는 "소셜데이팅에서 중요한 것은 여성들의 안전"이라고 지적했다. 또 "다수 여성들이 의심스러운 남성을 거를 수 있는 안전장치가 도입돼야 한다"고 조언했다. '외모지상주의'에 대한 비판도 있었다. 서울대학교 황미현(22·자연과학대학 4학년) 씨는 "아만다 앱은 외모만으로 합불 여부를 결정하는 데 문제가 있다"면서 "외모를 기준으로 차별을 정당화하는 것"이라고 말했다. 최은미(27·여) 씨는 "개인의 취향이라면서 옹호하는 사람도 있지만 절대적 상대주의에 지나지 않는다"고 꼬집었다.

◈◈◈

아만다 어플이라고 기존 소개팅 어플과 차별화를 내세운 게 있다. 묘하게 자존심을 자극하는 회원심사가 일종의 돌풍을 일으켰다. 아는 사림들끼리 은근 자랑도 했다. 자신의 외모가 객관적으로 뛰어나다는 점이 입증된 듯한 느낌이 들어서다. 외모지상주의라는 해묵은 비판이 있었지만 이성의 외모에 끌리는 것은 본능에 가깝다. 오히려 아만다가 인간의 본능에 솔직해 인기가 있었을 것이다. 당시 아만다 대표와 서면으로 인터뷰를 했는데 꽤 신경써서 만들었다는 느낌이 들었다. 수익모델도 차근차근 진행 중이고, 직원도 확충하는 모습이 스타트업으로서 최선을 다하고 있다는 것을 알게 했다. 어플은 꾸준한 게 중요하다. 이슈몰이는 붐이 한 번에 크게 일다가 금방 식는다. 롱런이 그만큼 힘들다. 지금은 아만다의 인기가 어느 정도인지는 모르겠다. 회원심사를 통과한 지인들이 회원심사를 기다리는 이성에게 1점 폭탄 세례를 날리며 재미를 느끼는 모습을 종종 보곤 했는데, 묘한 보복심을 불러일으키나 보다. 여러모로 재밌는 사회현상을 보여준 어플이었다 .

수수료 무료 배달 어플 '샤달'(2015. 1. 13)

지난해 배달주문 앱들이 인기를 끌며 연간 1조 원에 달하는 시장을 형성한 반면 최고 14.8%에 달하는 수수료를 챙겨 도마 위에 올랐었다. 대학가 역시 마찬가지였다. 신림동의 한 중국집은 4500원짜리 짜장면 한 그릇 팔면 700원이 남았다고 했다. 음식점들을 쥐어짜는 갑의 횡포에 학생들은 분노했다.

이에 최석원(22·서울대 자유전공학부 2학년) 씨 등 서울대 학생 5명이 의기투합해 배달주문 앱인 '샤달'을 만들었다. 등재 수수료 '0원', 주문 수수료도 '0원'인 '샤달'은 캠퍼스 주변 음식점들이 기존 '배달 어플'의 횡포에서 벗어나도록 하고 학생들 역시 이용하기 쉬운 서비스를 만들어보자는 취지에서 출시했다. 개발한 학생들이 이 앱으로부터 거둬들이는 수익 역시 '0원'이다.

'샤달'은 '서울대 배달 앱'의 줄임말이다. 서울대 인근 배달 음식점을 타깃으로 2013년 10월 출시 이후 현재까지 총 55개 업체가 등록됐다. 수수료 없는 '클린앱'에 대한 학생들의 호응은 주문 건수로 이어졌다. 지난해 총 2만여 건의 주문이 이 앱을 통해 이루어졌고 하루 평균 주문 건수도 학기 중 100건, 방학 중 50건에 달했다. 이민석(23·서울대 공과대학 4학년) 씨는 "처음에는 배달 앱 업체의 갑질에 대한 반발심으로 이용했었다"면서도 "지금은 서울대 음식점들을 가장 잘 반영하기 때문에 이용한다"고 평가했다.

개발을 담당한 최 씨는 기존 배달주문 앱들이 학생들의 수요를 충분히 반영하지 않은 점을 꼬집었다. 관악구 전체 음식점들이 검색되면서 서울대까지 배달하지 않는 음식점도 많았기 때문이다. 아울러 학생들이 이용하는 유명 음식점들은 배달 앱에 등록되지도 않았다. 굳이 비싼 수수료를 지불하지 않아도 장사하는데 불편함이 없어서다.

최 씨는 이장원(22·서울대 경영학 2학년) 씨와 함께 2013년 9월 일주일 동안 서울대 캠퍼스 전체를 이 잡듯이 뒤져가며 전단지를 모았다. 중복된 전단지를 없애고 나니 40개가 남았다. 부족한 정보는 뜻을 함께한 학내 커뮤니티 이용자들의 제보로 도움을 받았다. 결국 15곳이 추가돼 총 55곳의 음식점 전단지로 작업을 하게 됐다. 그때부터 모은 전단지를 표로 만들고 프로그램을 이용해 전산화하는 데만 꼬박 6일이 걸렸다. 밤샘 작업에 지칠 만한데도 이들은 전단지의 음식점을 직접 찾아가기도 했다. 믿을 만한 음식점인지 전단지 광고와 동일하게 메뉴가 나오는지 자신들이 먹어가며 검토했다. 그 결과 한 중국집에서 냉면 전문점인 것처럼 속이는 경우를 적발했다.

최 씨를 비롯한 5명의 개발인력들은 1년여의 운영기간 동안 총 100만 원 정도를 지출했다. 도와준 친구들에게 사례로 사준 밥값만 30만 원이 넘는다. 또 아이폰 앱은 10만 원의 등록비를 매년 지불해야 하고, 안드로이드 앱은 첫 등록 시에 3만 원을 지불했다. 이렇게 최 씨는 한 IT기업에서 인턴으로 근무하며 번 돈을 앱 개발비에 쏟아부었다. 앱을 통한 수익은 없지만 학생들의 댓글 한 마디로 큰 힘을 얻는다고 했다.

'샤달'은 리뷰나 순위표가 없다. 있을 법한데도 일부러 기능을 넣지 않았다고 한다. 최 씨는 "리뷰나 순위표는 조작의 위험성이 있다"면서 "최대한 객관성을 유지하고 싶었다"고 이유를 밝혔다. 인터넷 댓글 알바나 특정 업체의 클릭질을 우려하는 것이다. 앱 개발 초기의 봉사 정신을 잃지 않기 위해 앞으로도 두 기능은 넣지 않을 거라고 한다.

'샤달'의 봉사 정신은 타 대학에도 불기 시작했다. 3월에는 고려대와 연세대 버전의 '캠퍼스 배달앱'을 출시할 예정이다. '샤달'의 취지에 공감한 이들 학교 학생들이 먼저 연락을 해 도움을 요청했다고 한다. 최 씨는 “앱 개발과 출시에 이르는 과정은 0에서 1로 가는 것이 힘들다”면서 “이미 그 1을 경험한 이상, 이들 학교의 앱 개발은 빠른 시일 내에 가능할 것으로 보인다”고 말했다.

최 씨는 지난해 1월부터 6월까지 스웨덴 웁살라 대학 컴퓨터공학과로 교환학생을 다녀왔다. 선진국의 앱 개발 환경을 공부하고 향후 IT업계에 대한 비전을 익히기 위해서다. 교환학생을 다녀온 후 꿈이 커졌다. 위키피디아처럼 음식점 빅데이터를 만들어 사용자들이 스스로 유지보수를 할 수 있는 플랫폼을 만들 예정이다. 최 씨는 “샤달은 우리의 잠재력을 발견하고 사회 공헌의 가치를 깨닫게 한 값진 경험이었다”고 했다.

◈◈◈

배달의 민족 등 배달 어플 수수료가 화제였던 적이 있다. 수수료가 너무 비싸 음식의 질이 떨어져 문제라는 것. 중간 브로커만 재미를 보고 소비자와 상인 모두 손해를 보는 구조라는 지적이었다. 실제로 배달 어플을 통해 주문을 하면 치킨의 양이 적었다. 상인 입장에서도 수수료 값만큼 치킨의 양을 줄인 것이라는 생각이 든다. 서울대 학생들이 이런 문제점을 근본까지 뿌리 뽑지는 못하겠지만 최소한 학교 학생들을 위하는 마음으로 이 어플을 만들었다고 한다. 상인 입장에서는 일일이 전단지를 뿌리지 않아서 좋고 학생은 폰 하나만으로 전단지를 보고 간편하게 이용할 수 있는 ‘윈윈’ 어플이다. 실제로 이 기사가 나간 후 일반 기업에서 연락이 많이 왔다. 모 기업의 사장은 샤달 개발자와 연락하기를 원했다. 어플 개발 자체보다 그것을 생각하고 실행에 옮기는 점을 높이 샀다. 이런 시도가 많아질수록 사회는 조금씩 나아질 것이다.

트위터에서 인기 많아지는 법(2015. 2. 2)

'문제가 생기면 해결보다 해체를 선택하는 정부답게… 참 일관성 있다. XX들.'

당신이 트위터에 이런 글을 남긴다면 팔로어가 늘어날 가능성이 크다. 반말투에 욕설이 섞인 글은 다른 트위터 이용자들이 당신의 다른 글도 읽으려고 팔로잉(일종의 친구 맺기)할 가능성을 높여주는 것으로 조사됐다. 이런 글은 한 차례 리트윗(전파)될 확률도 더 높았다.

서울대 언론정보학과 황현정(32) 씨는 최근 팔로어를 1만 명 이상 가진 트위터 이용자 326명의 트위터 글 2만 16개를 조사해 '누가 어떻게 트위터에서 영향력을 행사하는가'란 석사논문을 발표하며 이 같은 분석 결과를 내놨다.

트위터에서 영향력 있는 사람이 되고 싶다면? 황 씨는 내 글을 구독하는 팔로어를 늘리려면 반말로, 내 글이 두 차례 이상 리트윗돼 널리 퍼지길 원한다면 존댓말로 글을 쓰는 게 유리하다고 밝혔다. 또 트위터는 남성 위주의 공간이어서 유명인이 아닌 이상 여성이 '트위터 스타'가 되기는 쉽지 않다고 한다.

'한 입으로 두말할 줄 알아야 대한민국 일등 정치인!' 이런 독설로 유명한 트위터 이용자는 강한 주장을 담은 반말투의 글을 수시로 올린다. 그의 팔로어는 지난해 10월 26만 명에서 석 달 만에 5000명 이상 느는 등 꾸준히 증가하고 있다.

'구글의 조립형 스마트폰 프로젝트 아라는… 에코시스템 선점에 도움이 될 겁니다.' 이렇게 존댓말로 글을 쓰는 IT 전문가는 위의 독설가 못지않게 유명한 트위터 인사지만, 같은 기간 팔로어가 350여 명 줄었다. 황 씨는 이런 사례를 종합한 결과 "예의바른 글쓰기보다 반말을 통한 강한 주장이 트위터에서 주목받는 데 유리하다"고 분석했다.

하지만 그런 주목이 '공감'으로 이어지는 건 아니었다. 내 글을 다른 사람이 퍼 나르는 리트윗 추이는 정반대 경향을 보였다. 반말과 욕설은 한 차례 리트윗될 가능성을 높일 뿐 지속적인 공감대를 얻진 못했다. 반면 '이 세상 기댈 곳 하나 없고 맘 줄 곳 하나 없어도… 김장훈의 신곡 '살고 싶다' 신청해주세요'라고 올린 글은 443회나 리트윗되는 식이었다.

이용자의 80퍼센트가 남성이다 보니 여성은 상대적으로 주목받지 못했다. 황 씨가 분석한 한 여성 이용자는 직접 5만여 명을 팔로잉하며 상대방의 '맞팔로잉'을 유도했다. 처음엔 팔로어가 늘었지만 주로 신변과 일상에 대한 그의 글은 남성들의 관심을 끌지 못해 갈수록 감소했다.

황 씨는 "트위터는 인터넷의 익명성과 비익명성의 중간 지대에 있는 서비스"라며 "오프라인의 유명세보다 메시지 작성 방법과 꾸준한 생산 능력이 트위터 세계의 리더가 되도록 하는 요소"라고 말했다.

◈◈◈

기사 아이템을 구하기 위해 논문 사이트를 뒤지곤 한다. 새로 나온 논문 중에 재

있는 것은 없는지 혹은 의미 있는 것은 없는지 검색하다 보면 종종 기사화할 만한 논문을 발견하게 되는데 이번 기사도 그렇게 발굴한 것이다. 그러나 논문을 기사화하는 것은 쉽지 않다. 학교 측에서 보도자료 형식으로 배포하면 거기에 맞춰 기사를 작성하면 되지만 논문 자체를 보고 용어를 일상어에 맞게 변경하고 복잡하게 얽힌 이론 구조를 최대한 단순화하는 작업이 필요해서다. 당연한 말이지만 논문에 대해 이해하고 있어야 그런 작업이 가능하다. A4 32장 정도 되는 분량을 차근차근 읽는 것은 비전공자로서 쉽지 않았다. 논문 저자에게 전화를 걸어 직접 그 뜻을 문의하고 나서야, 그 의미를 알게 됐는데 이것은 논문에서 사용하는 분석법에 기인한다. 트위터 영향력 분석을 위해 각 매개변수에 '음이항 모형'을 활용했는데 일단 '음이항 모형'이라는 용어 자체가 생소했다. 기자가 용어를 모르는데 독자에게 어떻게 설명하겠는가. 논문 분석에 '음이항 모형' 공부까지 하려니 조용히 논문을 덮고 바람부터 쐬고 와야 했다. 설혹 그 의미를 이해했다 하더라도 분석 툴을 기사화했을 때 독자들이 읽을지는 미지수다. 기사는 최대한 쉽게 써야 한다. 어려운 기사는 좋은 기사가 아니다. 이 기사는 최대한 쉽게 쓰려고 노력했다. 실제 사례는 직접 찾을 수밖에 없었다. 트위터 분석을 제공하는 곳을 찾아 일일이 비교하며 수치화했다. 결국 이 기사의 대부분은 직접 찾은 사례에 논문의 이론적 근거를 곁들인 식이다. 이 기사를 쓴 후 논문을 아이템으로 선정해 기사화하는 것을 꺼리게 됐다. 아무래도 노력 대비 기사의 질이 마음에 들지 않아서다.

외국인 학생들, 그들이 사는 법(2014. 11. 8)

한국에서 대학을 다니는 외국인 학생들은 어떻게 사는지 직접 인터뷰했다. 아래 인터뷰 내용을 소개한다.

◎ 파키스탄 출신의 나딤(Nadeem, 29)

종교는 이슬람입니다. 모스크를 가야 하는데 자주 가지 못해 불편합니다. 기도를 한 후 도축한 고기만 먹습니다. '할랄'이라고 하죠. 이태원에 모스크가 있어서 거기서 식량 조달합니다. 직접 파키스탄 사람이 운영하는 식재료 가게 혹은 식당에서 구입하지요. 학교 식당에서는 못 먹어요. 기숙사 생활하고 있는 대학원생입니다. 이슬람 종교 가진 분들이 커뮤니티도 조직합니다. 글로벌 하우스에 모스크 같은 게 있긴 한데 매주 금요일에 모여 그곳에서 기도합니다. 다른 나라 학생들보다는 한국인들과 친해지기 힘듭니다. 국가보다는 이슬람교로 서로 친해지기 쉽지요.

2013년 파키스탄에서 대학 졸업 후 석사 박사 과정을 거치기 위해 한국으로 왔습니다. 학교에서 전액 장학금을 받고 다닙니다. 파키스탄에서 주는 장학금도 있어서 그걸로 생활하고 있습니다. 여자들은 당연히 '히잡'을 쓰고 다닙니다. 밥을 손으로 먹지요. 왼손으로 용변 처리하는 것도 이곳에서 똑같이 합니다. 문화가 너무 달라서 채식식당만 가끔 갑니다. 생선은 괜찮아요. 그날 메뉴에 따라서 식당에 가느냐가 결정되죠. 집에서 도시락을 만들어 가는 경우가 많습니다. 이슬람은 대부분 독실한 신자입니다.

이슬람은 기숙사에 공지가 자주 붙어요. 이슬람 음식 파티가 있지요. '할랄'된 음식을 소개합니다. 케밥 역시 향신료가 많아 이곳 사람들이 먹기에 강합니다. 카레도 마찬가지. 향신료가 강한 것을 먹으니 몸에 항상 냄새가 배어 있습니다. 한국어 교사가 질문을 받을 때마다 고역인 표정을 짓더라구요. 이런 점에서는 서로 불편하지요. 서울대 입구역 '옷살'이라는 인도 음식점에 자주 갑니다. 인도 사람이 직접 하는데 '할랄'된 음식입니다. 한국 사람에게는 호불호가 갈립니다. 양파, 마늘을 많이 넣습니다. 파키스탄 친구들을 많이 만날 수 있어서 좋지요.

◎ **브라질 출신의 다닐로**(Dannilo, 20)

한국 음식에 여전히 적응을 못했습니다. 브라질은 스테이크 종류가 많고, 닭도 오븐으로 구운 음식을 먹어요. 여기 치킨은 입맛에 맞지 않습니다. 찌개를 이해 못하겠어요. 김치도 못 먹구요. 삐아우이 주에 살고 삐아우이 연방대학교를 1년 다니다가 전자학과에 2014년 입학했습니다. 다음 주면 한국을 떠납니다. 매번 좋은 학생을 만나는데 교환학생이 많아서 이별이 고통이지요. 인턴십 목적으로 왔습니다. 삼성, LG, 현대에 입사하기 위해 왔어요. 이번에도 포스코에서 인턴을 했습니다. 브라질 유학생들 대부분이 인턴십 목적을 위해서 옵니다. 한국의 문화를 즐기러 오기도 합니다. 우리나라는 인종이 다양해서 다 달라요. 브라질 사람들끼리는 서로 친하구요. 학부 기숙사에서 지내고 있습니다. 한국 사람에게는 김치 특유의 냄새가 납니다. 김치를 안 먹으니 다른 사람이 김치를 먹었을 때 그 냄새를 잘 구별합니다. 양파는 싫어합니다. 제육덮밥을 시킬 때도 마늘과 양파는 빼달라고 말합니다.

설날 때는 외로워요. 한국 사람들도 다 가버리고 교사들도 다 내려가니까. 한국 사람들이 가족들 만나러 귀향하는 모습을 보니 저도 가족들이 그리워요. 그럴수록 같은 국적의 친구들, 유학생들과 같이 모여 친하게 지내요.

◎ 브라질 출신의 라우라(Laura, 22, 여)

지난해 9월에 한국에 왔습니다. 부모님은 한국인입니다. 안타깝게도 한국어는 할 줄 모릅니다. 그래서 힘들어요. 부모님이 사업차 브라질로 이민 온 케이스입니다. 한국어를 조금밖에 못해요. 브라질에서 태어났구요. 부모님이 한국인이라 설날 명절을 따르는데, 그래서 부모님을 뵙지 못해 그립네요. 한국 음식도 잘 먹지요. 기숙사에서 떨어져 낙성대에 원룸 구해서 삽니다. 브라질 카니발 축제는 굉장합니다. 2월 17일에 하는데 못가서 너무 아쉽습니다.

제가 지냈던 브라질 도시는 더운 곳입니다. 가장 추울 때가 26도 정도죠. 한국 날씨, 특히 겨울은 견디기 힘듭니다. 옷을 사기가 애매하기도 해서 친구들한테 빌려요. 다시 돌아갈 걸 대비해서 사지는 않습니다. 해산물을 안 먹는 지역에 살았어요. 노량진 수산시장에 갔을 때 비디오로 찍어 기록으로 남겼습니다. '산낙지' 정말 신기했습니다. 라면 좋아하는데 해물 넣는 걸 못 먹겠어요. 조개도 못 먹어요. 해산물은 아예 못 먹는다고 생각하면 돼요. 눈이 내리는 것도 한국에서 처음 본 것이지요. 겨울에는 웬만해서는 기숙사를 안 나갑니다. 정말 추워요.

◎ **독일 출신의 프랑크**(Frank, 27)

2015년 2학기까지 교환학생으로 있습니다. 한국어 배우는 것을 좋아해요. 그래서 한국인 친구들이 많죠. 한국인들이 절 우호적으로 보더라구요. 독일인이라 시간을 잘 지켜서 그런지. 항상 1등으로 와서 자리에 앉아 있거든요. 저는 동아리 가입도 1년이나 한 학기 전에 미리 신청을 해요. 독일 사람들은 보통 그렇게 합니다. 그런데 이 부분에서 한국 사람들이 놀라더군요. 브라질 사람들은 상대적으로 느긋하죠. 약속시간도 30분 정도 늦는 것을 이상하게 여기지 않더라구요. 저로서는 이해가 안 되지만.

◈◈◈

한국으로 오는 외국 유학생은 중국인이 많았다. 그러나 같은 동양권은 가급적 피하고 완전히 다른 문화권 사람들 위주로 인터뷰를 했는데 위에서 보면 알겠지만 문화적 차이로 힘들어 했다. 물론 학교에서 그들에게 과한 배려를 할 필요는 없다. 사원을 짓는다거나 하는 것은 외려 타 종교에 대한 차별적 행위로 비칠 수 있기 때문이다. 식사 경우도 마찬가지. 결국 자체적으로 해결할 수밖에 없을 것이다. 그들을 만나서 느낀 점이라면 '밝다는 것'이다. 물론 타국으로 유학 오는 학생들 중에는 유복한 가정이 많을 것이니 이들만 보고 그 나라를 평가하는 것은 무리가 있다. 그래도 여유 있어 보이는 점은 한국 학생들과 분명 비교가 됐다. 취업에 대한 걱정은 없어 보였다. 한국 회사에 취업해도 그만 안 해도 그만.

나라별로 국민성이라는 게 있긴 있나 보다. 중남미 쪽 사람들은 매사에 적극적이고 여유로웠다. 먼저 다가가고 스스럼없어 보이는 모습은 분명 배울 점이다. 독일 사람들의 근면 성실함은 소문으로만 들었지 실제로 그럴 줄은 겪어보기 전에는 몰랐다. 독일 사람들은 다르다. 신뢰감이 있다. 다소 딱딱하지만. 프랑스나 영국, 아프리카 쪽 사람들과도 만나고 싶었는데 인연이 없었다. 그 점은 아쉽다.

임금체불 1조 원 시대

임금체불 1조 원 시대다. 어떻게 이 문제를 해결해야 하는가. 전문가들의 의견을 들었다.

◎ **김모 교수**(S대 법학전문대학원)

임금체불 1조 원 시대다. 무엇이 문제라고 보나?

우리 지금 1조 원 넘는 임금체불이 있죠. 30만 명의 근로자가 임금체불을 겪고 있고요. 그러나 처벌이 솜방망이라 그런 것은 아닙니다. 오히려 근로기준법을 제대로 갖춘 선진자본주의 국가 중 임금체불에 대해 형사처벌을 둔 우리나라가 대단한 것입니다. 물론 대부분 벌금형이이라 임금체불사업주의 명단도 공개해 처벌을 강화하고 있지요.

임금체불 해결책은 무엇이라고 보나?

채찍만으로는 곤란합니다. 일시적 경영난으로 체불청산이 어려운 사업주도 있는데 그런 점에서 체불청산을 위한 금융지원을 확대할 필요가 있습니다. 물론 임금체불이 계속되는 사업은 그만 접든지 아니면 사업을 더 잘할 수 있는 사람에게 넘겨져야 하겠죠. 근로자 개인은 경제적 힘이 약해서 국가가 후견인으로 나서야 경제 시스템의 보이지 않는 조절력이 회복될 수 있습니다. 그리고 사업주가 임금체불을 해서 부당하게 이득을 챙기는 것을 막아야 합니다. 고의적이고 상습적으로 임금을 체불하는 사업주들은 법원이 체불금만큼 부가금도 더해서 지급하는, 그런 제도를 도입할 필요가 있어요. 지연이자 지급 부분도 퇴직근로자만 대상이었는데 재직근로자에게도 적용해서 임금지급을 차일피일 미루는 것도 막아야 한다고 봅니다. 최저임금도 한마디 하자면, 최저임금 미만율이 10퍼센트가 넘고 해당 근로자가 200만 명이나 됩니다. 특히 영세사업장은 더 심하겠죠. 근로자 개인으로서도 최저임금 위반액이 별로 안 크니까 고용노동부에 신고나 소송을 안 하고 포기하는 경우가 많아요. 감독을 강화하고 최저임금 위반에 대해 즉시 과태료를 부과하도록 해야 합니다. 최저임금 위반을 반복하는 사업주에게는 형사처벌까지 검토할 필요가 있다고 봅니다.

임금체불 1조 원이라는 게 우리 경제 규모에 비춰 어떤 의미가 있는지?

우리가 국제경제에서 차지하는 위상과 국민소득 수준 등에 비춰보면 부끄러운 모습입니다.

다른 해결책은 또 없을까요?

근로계약서를 작성할 때도 임금액, 임금계산방법 이런 걸 명확히 기재하는 관행을 정착시켜야 합니다. 또 청소년기에도 기초고용질서에 대한 소양교육을 할 필요가 있어요. 학교 졸업하면 모두가 근로자 또는 사업주가 되는데. 10대 때 배운 것은 성인이 돼서도 기억합니다. 기초고용질서란 의식적으로 지키기보다 자연스럽게 지켜지는 것이 좋아요.

◎ **하모 교수**(D대 법대)

임금체불 1조 원 시대다. 왜 이런 문제가 발생하는가?

심각하죠. 100만여 명이 아침 밥상을 걱정해야 할 판입니다. 일본은 2011년에 5만 명, 2000억 원 수준의 체불이 발생했어요. 단순비교해서 우리보다 6분의 1이죠? 경제규모까지 고려하면 15분의 1입니다.

법이 잘못되지는 않았을까요?

서양은 주급이 일반적이에요. 그래서 체불임금이 쌓이겠다는 느낌이 오면 새 직장 구하거나 바로 법적인 조치를 취해요. 정부의 태도가 중요합니다. 법은 임금체불에 대해 3년 이하의 징역이라는 철퇴를 마련해놓고 있어요. 대부분 벌금형으로 때려서 문제지.

임금체불 해결책은 무엇일까요?

응징을 해야 합니다. 강하게 처벌해야 해요. 체불하면 체불한 금액에 두 배를 배상케 해야 합니다. 공공기관이 발주하는 사업에서도 배제하고 그래야죠. 그리고 정부도 체불임금에 대해 책임을 져야 해요. 정부는 체불임금을 근로자에게 대신 지급하고 나중에 사업주에 구상권을 행사하는 체당금제도가 있는데 이게 도산업체에만 적용되고 있습니다. 도산업체 말고도 일반 사업체까지 확대할 필요가 있어요.

정부의 역할을 말씀하셨는데.

고용노동부 근로감독관이 1200명 정도예요. 거기다 10퍼센트는 육아휴직으로 일을 하지 않고 있지요. 이런 상황에서 뭘 해결하겠습니까. 변호사, 공인노무사까지 활용할 필요가 있어요.

어떻게요?

근로감독관이 하는 일을 외주로 주거나 협력해서 하는 거지요. 예산 때문에 인원을 늘리기 힘들면 이렇게라도 하면 됩니다.

임금체불 1조 원이라는 게 우리 경제 규모에 비춰 어떤 의미를 갖는지?

심각한 문제죠. 매번 무역수지 몇 등이니 그런 발표를 하는데, 서민 경제가 이렇게 돌아가면 무슨 의미가 있나요. 중국도 GDP가 몇 위니 미국을 따라잡니 마니 하지만 실제 노동자들 삶은 별로거든요. 선진국이라고 할 수 없죠? 마찬가지입니다. 부끄러운

자화상이죠.

◈◈◈

임금체불은 생각보다 광범위하게 이뤄지고 있다. 통계로 잡힌 부분보다 잡히지 않는 부분이 많은데 쉽게 말해 고등학생들이 편의점에서 알바하고 최저임금 미만의 돈을 받고 초과 수당을 못 받은 채 그만두는 경우 통계에 잡히지 않는다. 그러나 생각보다 이런 경우가 많다. 피시방, 편의점 등 미성년자가 많이 근무하는 곳은 그런 일을 자행하는 사업주가 많았다. 특히 학생들은 부당한 대우를 받아도 이를 어떻게 해결해야 하는지 몰라 당하곤 했다. 어른들 말에 따라야 한다는 생각이 부당한 대우에도 두 손 놓게 만든 것이다. 역시 홍보가 중요하다. 대응책을 마련할 수 있도록 학생들에게 광범위한 교육을 해야 한다. 보통 해결책으로 교육을 얘기하면 비판적으로 바라봤다. 그러나 이 경우는 교육이 필요하다. 분명 효과가 있다.

세월호 정국, 해결책은 없나(2014. 8. 14)

국회 출입 당시 세월호로 인한 진통으로 여야가 극한 대립을 했었다. 해결책은 보이지 않고 시간만 가는 상황에서 국회 앞에서 농성 중인 세월호 유가족들의 가슴은 타들어갔다. 이 난국을 어떻게 해결해야 하는지. 전문가의 의견을 들었다.

◎ **김모 교수**(K대 정치외교학과)

세월호 문제로 여야의 견해차가 좁혀지지 않고 있다. 무엇이 문제일까요?

새누리당이나 새정치민주연합 양쪽 다 일리가 있다. 기본적으로 원론적인 것만 생각한다면 새누리당이 말하는 수사권, 기소권이 지나치게 분산될 경우의 문제, 유사한 피해자들이 생겼을 때 기소권, 수사권 줄 거냐가 사법체계 영향을 받을 수 있다. 그렇다고 해서 유족들이 저렇게 강하게 요구를 하는데 우리가 피해자가 요구한다고 다 들어줄 수 없는 거 아닌가. 여야가 합의를 했으면 양쪽이 다 가서 합의의 테두리 내에서 유족의 의견을 반영할 수 없는지 묘수를 찾아야 한다. 특검임명 절차에 관해 말하자면 대통령이 임명하는데 대통령 뜻대로 다 임명하는 것은 아니지 않느냐. 밑에서 의견 올라오면 그걸 고려해서 하는 것. 거기서 묘수를 찾아나가야 한다.

새누리당이나 새정치민주연합이 어떤 부분을 양보하고 타협해야 지금의 난국을 해결할 좋은 방법일지?

도대체 합의를 보겠다는 건지 갈등을 심화시키겠다는 건지 모르겠다. 이 문제를 정말 해결하고 유족들의 입장을 살리려면, 유족들 찾아가서 특검의 임명절차를 설명해야 한다. 위원회가 특검의 성격을 갖도록 하고, 유족들의 의견이 반영된 특검임명하면 된다. 오히려 양쪽이 이 사안을 가지고 정치적인 이해관계만 너무 취하려는 것이 아닌가. 위원회가 특검의 성격을 가지면 수사권, 기소권 자동으로 갖는다. 그렇게 하면 간단히 해결된다. 그리고 특검 임명에 정치적 합의를 갖도록 하면 된다. 이렇게 하면 굳이 사법 체계가 흔들린다는 말 안 나온다. 이게 무슨. 싸우고자 싸우는 거지. 양쪽 다 포퓰리즘으로 가고 있다. 그게 문제다. 포퓰리즘+갈등을 통해 이해득실을 따지는 것. 우리 정치의 문제가 사건이 터지면 좇아간다. 매번 포퓰리스트적인 접근을 하는데 그래서 정치가 문제다는 말이 나오는 것.

새정치민주연합은 특검추천 쪽이랑 증인채택 쪽을 밀고 나가려는 것 같은데 이게 잘 될까요?

증인채택 문제는 김기춘 실장 부르면 된다. 무슨 비밀이 그렇게 많아. 나가면 돼요. 나가서 얘기하면 된다. 당당하게 싸우라고. 기업인들은 죄지은 게 많으니까 그렇다 치자. 그런데 국회의원도 나가면 5~10분 제한된 시간에 발언을 해야 한다. 그럼 그에 맞게 당당하게 대응하면 된다. 우리 같은 사람은 다 대답하고 그랬다. 다 해주면 서로 오해가 풀린다. 당당하게 가지. 청와대가 안보사항이니 그러는데 그런 게 무슨 안보사항이냐고. 누구와 있는지 얘기 못 하겠다 그러는데 나가서 얘기하면 된다. 증인채택도 문재인 나오라 그러는데 싸우기 위한 싸움 아니냐. 문재인이 무슨 상관이 있느냐. 세월호도 결국 돈 문제로 터졌다. 국고보조 적고 그래서 터진 건데 연안에 안전 확보를 하려면 그런 돈 문제가 해결이 돼야 한다. 그런데 그 문제를 한 번도 논의하지 않았다. 그리고 문재인도 나오면 된다. 김기춘도 나오라면 나가면 된다. 다 나가서 당당히 얘기하면 된다.

8·7합의 준수해야 한다는 뜻인지?

합의를 했으면 그 합의를 존중하는 틀 속에서 하면 된다. 추가할 것은 추가하고 그래야지. 그리고 지금 세월호만 붙들고 있을 때가 아니다. 통과해야 할 법이 많다. 이런 것만 보면 우리들이 말했던 의회주의가 다됐다는 것을 보여준다. 결국 의회는 박물관으로 갈 때가 된 것이다.

◎ **김모 교수**(D대 정치외교학과)

이번에 세월호 특별법 원내대표 협상안도 무산되고 본회의도 언제 열릴지 모르게 됐는데, 어떻게 풀어나가야 할지.

지금 보면 여러 가지로 혼란스럽다. 특검추천권을 야당에 주느냐 여부를 떠나서 어떻든지 간에 합의를 했고 그런데 당내 추인을 못했다. 야당 내 구심점이 없다는 거다. 정리해보면 첫째 문제는 야당에 지도력을 가진 구심점이 없다. 둘째는 어찌됐든 간에 그런 구심점이 없는 상황에서 이런 합의를 했다는 것이 문제다. 박영선 대표에게 전권이 있는 줄 알았는데 곳곳에서 반발이 쏟아지니까 재협상을 하자는 건데, 우왕좌왕하는 것이 야당이다. 입장이 옳으냐 그르냐를 떠나서 이게 문제의 핵심이다. 혼돈을 만든 사람은 야당이고 그 책임이 야당에 있다. 그 상황에서 새누리당에 재협상에 임해라 양보해라 하는 것은 문제가 있다. 나는 좀 답답하다. 새누리당은 한결같았다. 합의하기 전에도 양보를 안 했는데 새누리당이 이제 와서 양보를 할까. 세월호를 떼고 파악해

보자. 비즈니스 협상으로 생각해보면 대표가 전권을 위임받은 줄 알고 사인을 했는데 내부에서 뭐라고 하니까 다시 하자고 한다면 말이 될까. 이렇게 되면 양보를 했었을 때 다시 추인받는다는 보장을 못한다. 이 과정이 납득이 안 된다. 개인적으로 특검추천을 야당에 준다는 것은 좋겠다는 입장이긴 한데 과연 새누리당이 양보를 할지 회의적이다. 누구와 합의를 하는가. 전권을 가지고 있지 않은데. 박영선이라는 구심점에게 위기에 빠진 당을 통솔하는 권한이 없다는 얘기다. 지금 가장 큰 문제는 새정치민주연합의 구심점을 찾는 것이다. 리더의 문제에 대한 고민이 급선무다. 이해가 안 되는 게 박 대표를 추대할 때 만장일치였다. 권한을 위임한다는 얘기인데, 박 대표가 자신의 위치를 규정할 필요가 있다. 개혁을 주도할 역할인지 분명히 해야. 박 대표가 당심을 못 읽었던지 아니면 권한을 줬는데 실제적으로 못 받았던지 둘 중 하나다. 새누리당은 양보를 하지도 않았고, 늘 증인채택에 있어 김기춘 안 된다, 수사권 기소권도 줄 수 없다, 그러니까 새정치민주연합이 계속 양보를 하다가 어느 순간엔가 당내 소통이 안됐든 어쨌든 대표가 합의를 한 것이다. 그 내용을 추인 못 받아서 다시 가져간 건데. 새정치민주연합 내부의 문제인 거니 내부의 문제를 외부에서 해결하려고 하는 것은 모양새가 안 좋다. 물론 나는 진상을 규명해야 한다고 생각하고 새누리당이 맞다고 생각하지 않는다. 그러나 지금 문제는 새정치민주연합에 있다. 너무 이상한 게 왜 이렇게 혼란스러운지 모르겠다. 합의를 할 거면 하는 거고 안하면 안 하는 건데 우왕좌왕하고 있다. 좀 답답하다.

8·7합의 준수해야 한다는 뜻인지?

내용을 가타부타 생각을 안 한다. 일단 내용자체에 대해 어떻다는 입장이 아닌 것을 분명히 말씀드린다. 문제는 타협한 것과 타협한 부분을 추인 못 받아서 다시 들고 가는 것은 새정치민주연합의 현실을 제대로 보여주는 것이다. 개혁을 제대로 이끌어갈 수 있을지 의문이다.

◎ 이모 교수(H대 정치외교학과)

세월호, 어떻게 해결해야 합니까?

계속 이렇게 나가면 서로 성토하다 끝난다. 이렇게 되면 안된다. 이걸 해결하려면 일단 원내대표 다시 만나야 한다. 그간의 당의 상황을 이야기하고. 신문에 모두 다 났지만 허심탄회하게 만나서 얘기하는 가운데 해야지. 외곽에서만 하면 일이 안 된다.

새누리당이나 새정치민주연합이 어떤 부분을 양보하고 타협해야 지금의 난국을 해결할 좋은 방법일지?

그거는 얘기가 다 나온 것 같은데. 유가족도 그렇고 여론이 나름대로 이번 진상조사를 제대로 하게 하자가 목적 아닌가. 새누리당이 이 정도면 충분하다고 하지만 부족하다는 게 일반적인 상황. 협의가 필요하다고 본다.

새정치민주연합은 특검추천 쪽이랑 증인채택 쪽을 밀고 나가려는 것 같은데 이게 잘 될까요?

절충점을 찾아야 한다. 쉬운 일은 아니다. 쉽게 타결된다 보기 힘들다. 어쩔 수 없지 않겠는가. 원내대표가 빨리 만나는 게 급선무다.

8·7합의 준수해야 한다는 뜻인지?

박영선 대표가 그럴 수가 없는 모습이다. 안타깝다. 본인은 최선을 다했는데 당내에 수용이 안 되지 않았나. 오도가도 못 하는 상황이다. 숨통을 틔울 수 있는 것은 새누리당 원내대표가 풀어줄 수 있는 것이 좋고. 일단은 만나는 것이 중요하다. 비공개이든 아니든 간에 돌파구를 찾지 않을까.

앞으로 어떻게?

쉽지 않다. 그래도 여론이라는 것이 있으니까. 중요한 것은 새정치민주연합도 풀어줄 것은 풀어주어야 한다. 연계하자는 식으로 얘기했는데 그건 잘못됐다. 민생법이라든가 김영란법 이런 거 선뜻 다 동의해주고 통과시키면서 세월호특별법을 강하게 얘기하면 먹힐 건데, 그러지 않으니까 국민들에게 반응이 좋지 않은 것이다. 협조할 것은 협조하되 세월호 도와달라고 하면 되지 않겠나. 통 큰 정치는 여당만 하는 것이 아니다. 여야가 없다. 포용력은 여에게만 바랄 게 아니다. 야도 통 크게 받아들이고 협조할 것은 협조해야 한다. 이게 아니면 안 된다, 이건 아니라고 본다. 강경투쟁만 들고 나와서는 안 된다. 새정치민주연합 사람들도 건덕지도

주고 그래야 새누리당도 세월호를 주던가 할 것인데.

◎ 신모 교수(M대 정치외교학과)

세월호 문제, 참 길이 보이지 않습니다.

솔직한 얘기로 이런 일들이 이번이 처음이 아니지만 이런 상태가 돼 버리면 여야가 신뢰가 없어져 타협을 못한다. 타협 못하는 상황이 되면 굉장히 힘든 시간을 보내야 한다. 생각해보면 박대표는 비대위원장이기도 한데 주도한 협상을 이런 식으로 틀어버렸는데, 제가 볼 때는 시간이 필요하다. 그리고 민생법안이 굉장히 많다. 통과될 게 많다. 새정치민주연합은 세월호도 민생법안이라는 입장이라. 그런 입장이 변화가 안 되면 앞으로 힘들다. 투트랙으로 가야 한다. 세월호와 민생법안을 따로 해야 한다. 세월호도 민생법안이니 같이 가야 한다고 하면 안 된다.

왜 이런 현상이 일어나나?

이게 계파 간의 경쟁 때문에 나타나는 현상이라고 본다. 새정치민주연합도 계파가 언제 없어지겠나. 여론이 어떻게 돌아가느냐가 변수다. 새정치민주연합 쪽의 잘못된 비난 여론이 많으면 새정치민주연합이 양보를 한다든지 그런 식으로 할 수 있겠죠. 여론도 지켜볼 필요가 있다.

결국 이 문제가 해결되려면?

시간이 약이다. 우 의장 말 들어보면 자기는 특검임명만 어떻게 되면 될 수 있다는 식으로 얘기하더라. 박 대표도 그렇게 얘기한다. 문제는 특검이 해결돼도 수사권으로 또 틀어버릴 가능성이 크다. 새누리당이 백기 투항해야 된다는 얘기인데 그게 가능한가. 새정치민주연합 지도부는 분명히 알고 있을 것이다. 수사권을 달라는 게 무리라는 것을 안다. 그래서 특검이나 자신의 입맛에 맞는 사람으로 하는 그런 걸 요구할 텐데, 그것도 말이 안 된다. 6월부터 실시가 된 특검법인데 첫 번째 작품부터 예외로 하자는 건 힘들다. 그리고 김무성 대표가 움직이면 된다고 하는데 김무성 대표도 협상파트너가 있어야 한다. 박 대표가 협상파트너인데 박 대표가 그 모양 그 꼴이 됐는데 하겠는가.

앞으로 어떻게 될 것 같은지?

솔직한 얘기로 세월호 유가족 전체 입장과 지도부의 입장이 같은지도 모르겠다. 배상과 보상도 전혀 이뤄지지 않고 있다. 유가족 입장에서 생업을 놓은 분도 많은데 계속 진상조사위원회로 시간을 끌면 문제가 있다. 유경근 씨도 단식을 하고 있고 그런데 유가족들의 생각이 궁금하다는 거다. 또 한 가지는 뭐냐면 대다수 국민이 세월호를 가슴 아파하지만 가슴 아파한다고 얘기를 하자면 우리의 삶은 계속돼야 하는 것 아닌가. 민생법안 그런 건 통과시켜야 한다. 투 트랙이 필요한 이유가 여기에 있다. 세월호 때문에 올 스톱이 돼 있는데 투 트랙으로 가면 여론을 유리하게 끌 수 있다. 그런데 투 트랙으로 가면 새정치민주연합 내부에서는 협상력이 약해질까 봐 염려하고 있다. 그렇기 때문에 여론이라는 것이 중요하다는 거다.

◈◈◈

정치의 특징은 이토록 치열한 양상을 보이고 문제와 해결책을 찾기 위해 노력하지만 결국 과정보다 결과가 더 중요하다는 것이다. 특히 정치란 타협의 산물임에도 80을 받고 20을 줘도 그 20 때문에 지지층의 가혹한 비판을 받곤 한다. 새정치민주연합은 곁에서 지켜보며 안타까웠다. 지지층이 원하는 모든 것을 얻지 않으면 실패한 지도력이라고 평가 받았다. 거기에 실제로 미흡한 모습도 보여 동네북처럼 두들겨 맞았다. 새누리당이 분명 세월호 유가족과 대척점에 있음에도 항의는 새정치민주연합의 박영선 의원의 사무실로 가서 했다. 새누리당 김무성 의원의 사무실로 찾아가는 것이 아니라 박영선 의원의 사무실로 찾아가 항의하는 것은 일견 이해되지 않았다. 만만하다고 생각한 걸까. 아니면 새누리당은 어차피 항의해도 소용없으니 포기한 것일까. 그렇다 해도 같은 편에 찾아가 항의하면 상황이 달라지기라도 한다는 것인지. 정치에서는 갖고 싶은 모든 것을 얻을 수 없다. 하나를 얻으려면 하나를 내줘야 한다.

사상 초유의 대표 탈당 파동(2014. 9. 18)

새정치민주연합을 사상 초유의 지도부 공백상태로 만들었던 새정치민주연합 박영선 국민공감혁신위원장 겸 원내대표의 3박 4일간의 탈당 소동이 17일 박 위원장의 탈당 의사 철회로 일단락된 듯 보이지만 당내 계파 간 대립의 민낯을 여실히 보여줘 상처만이 짙게 남았다. 박 위원장의 카리스마 리더십이 파국을 맞아 계파 간 이합집산이 가속화되면서 새정치'연합'의 연합이라는 말을 무색케 한다.

황주홍 의원은 이날 평화방송 라디오와의 인터뷰에서 "당권장악에 몰두하는 강경파들에 대해 유감스럽게 생각한다"며 "국민의 70~80%가 장외투쟁에 반대하는데도 강경파들은 똘똘 뭉쳐 함께 단식하자고 한다. 정권보다는 당권을 장악하려는 의중이 숨겨져 있는 대목"이라고 비판했다. 또 "박 위원장도 잘못했지만 더 큰 잘못은 우리 당의 척박하고 비정한 풍토에 있다"고 덧붙였다. 정청래 의원은 트위터에 '새정치연합 혼란상의 원인과 처방'이라는 제목으로 "투쟁력이 곧 협상력이다. 싸우지 않는 야당, 힘없는 야당이 혼란의 원인이다"라고 상반된 주장을 폈다.

박 위원장은 14일 이상돈 중앙대 명예교수의 비상대책위원장 선임과 관련해 당내 반발이 거세지자 한 언론에 탈당을 시사하며 잠적했다. 이날 세월호특별법 8·7합의와 8·19재합의, 비대위원장 선임 파동으로 당내 강경파의 쌓였던 분노가 폭발해 사퇴 요구가 이어진 이후의 일이다. 15일 박 위원장은 여전히 탈당 의사가 있음을 강력히 내비쳤지만 강경파는 "탈당 운운하는 것은 말도 안 된다"며 당직 사퇴만을 재요구했다. 연이은 계파 간 모임은 새정치연합의 흩어진 모습을 적나라하게 보여줬다. 한편 새누리당은 정의화 국회의장 단독국회 개의를 요구했다.

16일 새정치연합 지도부는 의원 전수 조사를 통해 박 위원장의 사퇴를 막고 혼란을 수습하려는 모습을 보였다. 이날 박 위원장 측은 당무 복귀 가능성을 언급하며 탈당사태가 어느 정도 진정될 것임을 시사했다. 그러나 당내 강경파의 의원 일부는 의원 전수 조사의 방식 자체를 문제 삼거나 자신에게 연락이 오지 않았음을 말하며 갈등의 여지가 있음을 보였다. 한편 새누리당은 민생법안 처리를 강조하고 박근혜 대통령은 '세월호특별법에 대해 대통령이 결단할 사안이 아니'라고 하는 등 새정치연합을 전방위적으로 압박했다.

17일 박 위원장의 당무 복귀 선언으로 3박 4일에 걸친 탈당정국이 마무리됐다. 당 지도부는 박근혜 대통령의 세월호특별법 발언을 강력하게 비판하는 등 당의 정상화를 위해 힘쓰는 모습이다. 그러나 '새정치'를 표방한 정당이 가장 구태스러운 '계파갈등'이라는 '헌정치'에서 벗어나지 못해 비판을 면하기 어렵게 됐다.

◆◆◆

새정치민주연합을 신랄하게 비판했던 기사였다. 부서 회식이 있던 날 박영선 위원장이 잠적했다는 문자를 봤다. 정확하게는 탈당한다고 한 언론에 말한 후 잠적한 사건이었다. 당연한 말이지만 박 위원장의 입장을 들을 필요가 있었고 정치부 기자들이 박 위원장 자택 앞에서 뻗치기를 했다. 유의미한 결과가 나올 때까지 매일 자택 앞으로 나갔고 머지않아 소동은 가라앉았다. 이때 타 언론사 정치부 기자들과 친해졌다. 맨바닥 앞에서 서로 몇 시간 동안 같이 주저앉아 있다 보면 동병상련으로 쉽게 친해진다. 거의 24시간 돌아가며 자택 앞에 있었다. 뻗치기는 자주 있는 일이지만 할 때마다 힘들다.

4.

수습생활

언론사 시험에 합격하면 수습생활을 거친다. 언론사마다 다르지만 보통 3~6개월 정도는 수습기자다. 정식기자가 되기 전 교육을 받는 기간이며 사실 이때 자신이 기자에 맞는 사람인지 아닌지 정해진다. 좀 더 솔직히 말하면 고생을 하고 나서 이 고생을 계속 견뎌낼 수 있으면 기자가 되는 것이고 도저히 못해먹겠으면 이 길이 맞지 않는 것이다. 잘하고 못하고는 별론이다. 기사 쓰는 요령은 시간이 해결해준다. 에이스 기자는 손에 꼽는다. 굳이 에이스가 되지 않아도 기자 생활하는 데 지장은 없다. 여러모로 가장 중요한 시기라고 보면 된다. 택시비로 한 달에 100만 원 넘게 찍은 적 있는가. 하루에 몇 시간만 자도 오기로 버틸 수 있는가. 이 생활이 몇 달 동안 계속될 텐데 견딜 수 있는가. (정확하게는 요령을 깨치기 전까지 계속된다.) 그러면 수습생활을 훌륭히 이겨낼 수 있다. 수습생활에 대해 소개하겠다.

사건팀 기자란

사건팀은 사건을 다룬다. 경찰팀이라고도 한다. 그만큼 경찰서가 차지하는 비중이 크다. 형사과, 수사과, 생활안전과, 교통과, 정보과, 보안과, 경비과, 외사과, 청문감사실, 경무과, 여성청소년과 등을 포함한다. 모두 중요하다. 특히 중요한 곳은 형사과, 수사과, 정보과, 교통과, 외사과이다. 시민단체도 비중이 커지고 있다. 기자회견, 성명서 발표 등을 통해 사회와 소통하는 곳인데 기자의 역할이 중요하다.

라인에 대해서

종로라인(종로, 성북, 종암경찰서)

시민단체가 많기로 유명하다. 광화문광장을 끼고 있어 시위도 많다. 다 챙겨야 한다. 헌법재판소와 감사원도 있어 이곳에서 있는 1인 시위도 좋은 취재거리다. 대학은 고려대, 국민대, 성신여대, 한성대 등이 있고 고대 안암병원도 놓쳐서는 안 된다. 수습은 종암서에서 잔다. 1진은 종로서로 출근한다.

중부라인(중부, 용산, 남대문경찰서)

사건팀의 팀장을 캡, 부팀장을 바이스라고 부르는데 보통 바이스가 챙기는 곳이다. 명동성당, 서울역도 시위가 많아 골치 아픈데 국가인권위원회도 있으니 신경써야 한다. 롯데, 하얏트, 힐

튼 호텔이 있는데 이쪽 취재원도 중요하다. 이태원, 남산한옥마을, 명동은 각 지역마다 고유의 특색이 있다. 한강도 끼고 있는데 자살사건은 용산서 지구대에서 확인할 수 있다. 영등포 수난구조대, 국립의료원 등을 놓치기 쉽다.

혜화 북부라인(혜화, 동대문, 중랑, 강북, 노원, 도봉경찰서, 북부지법, 북부지검)

혜화라인과 북부라인을 합쳤다. 사건이 많지 않고 지리적으로 가까워 두 라인을 합치는 언론사가 많다. 종로와 혜화라인을 묶기도 한다. 수습기자가 이곳에 걸리면 돌아야 할 경찰서가 많아 머리가 지끈거릴 것이다. 대학이 많다. 성균관대, 경희대, 한국외국어대, 서울시립대 등이 있다. 서울대 병원도 이곳에 있는데 유명인사들이 입원하곤 한다. 당연히 뻗치기다. 노원 쪽은 아파트가 많다. 학원이 많기로도 유명하다. 동대문도 있으니 마음 단단히 먹자.

관악라인(관악, 동작, 방배, 금천경찰서)

간단하게 서울대 라인이다. 수습은 동작경찰서에서 자면 된다. 예전 명칭은 노량진 경찰서. 노량진역에 붙어 있다. '컵밥'을 실컷 먹을 수 있어 영양 불균형에 빠지기 쉽다. 1진 기자는 관악경찰서나 서울대로 출입한다. 거의 대부분 서울대로 출입한다. 그만큼 서울대의 비중이 크다. 서울대는 연구소가 많다. 연구소만 돌아도 아이템 거리는 풍부하다. 교수들도 학계에서 높은 위치에 있기 때문에 꽤나 좋은 정보를 들을 수 있다. 심심하면 동아리도 들러볼 것. 필자도 동아리에서 한건했다.

영등포라인(영등포, 구로, 강서, 양천경찰서, 남부지법, 남부지검)

국회가 있다. 여의도도 있다. 집회 시위가 많겠지. 지법에 들러 판례 열람을 하면 재밌는 판례가 많다는 것을 알게 된다. 세상에는 별의별 사람이 많다. 구로지역은 외국인 특히 조선족이 많이 산다. 가보면 알겠지만 한글 간판보다 중국어 간판이 더 많은 곳이다. 양천의 경우 목동을 끼고 있다. 교육 이슈가 있겠다. 한강성심병원은 화상 전문병원인데 서울 전 지역 화상환자를 담당하고 있으니 눈여겨 봐야 한다. 수습기자는 구로서에서 자면 된다. 시설 좋아졌다. 샤워실도 붙어 있다. 쓰레기는 알아서 치우자. 1진기자는 영등포로 출근한다.

마포라인(마포, 서대문, 은평, 서부경찰서, 서부지법, 서부지검)

대학이 많다. 서강대, 연세대, 이화여대 등이 있다. 게다가 지법과 지검이 있어 친분을 쌓아둬야 한다. 은평과 서부경찰서는 멀다. 그래서 기자들이 잘 가지 않는다. 시민단체도 많은데 국제엠네스티, 투기자본감시센터, 세이브더칠드런 등이 있다. 서부지법은 대한항공 조현아 공판으로 유명해졌다.

광진라인(광진, 성동, 강동경찰서, 동부지법, 동부지검)

지법, 지검 사건을 잘 챙겨야 한다. 대학은 한양대, 건국대, 세종대가 있다. 병원은 건국대, 한양대 병원 정도다. 조용한 동네다. 강남라인과 묶이기도 한다. 잠은 성동서에서 잔다고 하는데 필자는 광진라인을 경험하지는 못했다.

강남라인(강남, 서초, 송파, 수서경찰서)

연예인 사건이 많다. 그래서 이쪽 라인 경찰서는 기자들에게 사건을 말해주지 않는다. 사건은 많은데 말을 안 해주니 답답하다. 민원인을 만나 사건을 챙기는 수밖에 없다. 성매매 사건도 많으니 주의하자. 구룡마을처럼 빈곤지역도 섞여 있다. 복합적인 모습을 많이 목격할 수 있을 것이다. 청담파출소는 연예인들 거주지를 담당하는데 이곳에는 부자들이 많이 산다. 이곳에 취재원이 있으면 좋을 것이다. 성형외과도 많아 성형부작용 사건이 터지면 바로 출동해야 한다.

수습일지

수습기자로 하리꼬미를 할 때 수습일지를 쓰는 언론사가 있다. 쓰지 않는 경우도 있지만 필자는 써야 했다. 견습일지라고 말하는 곳도 있는데 수습을 견습이라고 부르는 언론사가 있어서 그렇다. 견습은 일본식 표현이다. 지양하는 것이 맞다. 수습시절 썼던 수습일지 두 개를 소개하겠다. 참조하시길.

5월 21일

08:00

- 관악경찰서 민원인 고성으로 싸우는 장면 목격함. 취재 거부.

09:00

동작경찰서 교통조사계 조사관

교통사고를 처리하다 보면 문제점을 많이 발견한다. 특히 별로 다치지도 않았는데 뒷목을 잡고 아프다고 인적피해를 호소하는 사람들이 있다. 하루라도 빨리 병원에 가서 진단서를 받아오면 인적피해로 처리된다. 만약 상대방이 술이라도 한잔했다면 특가법으로 처리되는데, 멀쩡한 사람 전과 만드는 격. 이런 식이면 우리나라 사람 중에 전과 없는 사람이 어딨겠는가. 정말로 아픈 사람이면 지속적으로 병원을 가서 치료를 받는다. 그런 경우는 아픈 거다. 그런데 딱 한 번 가서 진단서만 받아 놓는 사람이 있고 그런 사람은 대놓고 돈을 노리는 거라 볼 수 있는데, 상대방을 의미 없이 전과범으로 만드는 게 현재 우리나라 법이다. 일주일 정도 치료를 요하는 상처면 일선 경찰관들이 재량껏 처리하도록 하는 것도 나쁘지 않다고 본다. 검사들이야 재량권이 많아 기소유예나 불기소로 처리할 수 있지만 우리는 만약 그렇게 했다가 민원인이 수사를 고의로 묵살했다는 식으로 주장하면 굉장히 곤란해진다. 우리도 어쩔 수 없이 전과범으로 만들고 있는 것. 법으로 막을 필요가 있다고 본다.

10:00

금천경찰서 모 과장

자주 뵙고 싶었는데 헛걸음한 경우가 많았다.

이 자리가 회의가 많다. 양해 바란다.

칸막이가 있어서 분위기가 사뭇 다르다. 형사과는 탁 트여서

뭔가 비밀이 보장되지 않는 느낌이다.

팀별로 칸막이를 친 건데 그렇게 보일 수 있는 것 같다. 형사과는 팀별로 칸막이를 치면 오밀조밀해질 것이다. 그리고 더 중요한 것은 민원인의 프라이버시다. 형사과는 프라이버시가 존중되지 않는데 조속히 칸막이 설치를 했으면 한다.

언론과 경찰의 관계가 많이 변한 것 같다.

예전엔 과장의 일이 기자들이랑 밥 먹고 술 먹는 것이었는데 요새는 많이 없어졌다. 기자도 사명감이 필요할 것이다. 밑에 있는 사람들이 분발해서 일하려면 넉넉한 인품이 필요하지.

경찰생활 오래하면서 많은 일을 겪었을 것 같다.

지방에 가면 기자들 안 좋은 모습을 많이 보게 된다. 속도위반 딱지 떼고 그거 해결해달라고 오는 사람도 있었다.

팀장들은 사건을 말할 권한이 없나?

있다. 그런데 사건을 많이 알고 간 상태에서 말을 꺼내야 한다. 그래야 팀장이 어느 정도 말을 해주는 거다. 언론을 통해 자기 사건을 알리고 싶어 하는 형사도 있는가 하면 부담스러워하는 형사도 있다. 언론 대응에 능숙하지 못하니 언론 창구를 과장으로 일원화하려고 한다. 위험부담이 크기 때문이다.

잠복근무할 때 따라가는 기자가 있나?

있다. 본인이 제보해서 특종을 만들고 싶어 하는 방송기자들이 심하다. 거절하기 힘들다. 방송은 그림이 필요하다. 현장의 필요성이 여기서 발생한다.

잠복근무하면 보통 어느 정도인가?

28일을 잠복근무한 적도 있다. 잠이 와서 꾸벅꾸벅 졸고 그랬다. 당시엔 차도 없어서 힘들었다. 결국 잡았다.

12:00

금천경찰서 경제팀 수사관

사건 접수하러 민원인이 온 것 같은데 어디 계시는지?

무작정 경제팀으로 찾아오시는 분도 있긴 한데, 원칙은 민원실에서 접수를 해야 한다. 민원실에서 접수를 하면 사건이 배정되고 담당 팀을 알려준다. 그러고 나서 경제팀으로 오면 그때부터 정식으로 배정되어 수사를 하는 것이다. 민원실로 보냈다.

사기사건 많은가?

이 동네는 사기사건이 많다. 횡령배임 그런 건 자주 접하지 못한 것 같다. 사기사건만 해도 유형은 많지 않나?

칸막이가 매우 높다.

남들이 들어서 좋은 경우가 뭐 있겠나. 가려주는 게 낫지.

아까 할아버지 한 분이 칸막이가 높다고 민주 경찰이 아니라는 말을 했다.

오해다. 개인의 인권을 존중하기 때문에 칸막이를 높인 건데 외부로부터 차단하기 위해 만든 것이 아니다.

최근 재밌는 사건은?

늘 비슷한 사건이다. 특별한 거 있으면 알려주겠다.

14:00

관악경찰서 신림지구대

자주 오고 싶은데 그러지 못했다. 신림지구대는 늘 깔끔하다.

청소를 열심히 해서다.

지구대 사람들을 많이 보게 된다. 고생이 많다.

여기서는 초동수사만 하는 거고 경찰서로 가서 새로 진술서를 작성한다. 여기서 하는 것은 매우 기초적인 수준이다.

주간, 야간, 당직, 비번 이런 식으로 돌아갈 텐데 생활 패턴이 힘들 것 같다.

기자도 비슷하지 않나? 이쪽 직업이 다 이러니 적응해야 한다.

밤에 사건 있을 때 와서 옆에 앉아 지켜보고 있어도 되나?

좋을 대로.

민원인 계속 대기. 낮이라 사람 없을 거라고 말함. 입구에서 담배 피우는 형사들에게 넌지시 말 걸어봄. 다들 담배 한 대 피우고 바로 순찰 돌러 감.

16;00

동작경찰서 경제팀

바빠 보인다. 뭐 작성 중인 거 같은데.

오늘은 직일이라고 고소고발장 온 거 일괄적으로 작성하는 날이다. 그런 날은 좀 바쁘다.

보통 한가한 날은 언제인가?

그런 거 작성하는 날이 아니면 시간 난다고 볼 수 있다.

평일인데도 민원인이 많이 보인다.

고소장 제출은 오히려 평일 점심때쯤 있다. 평일이라고 사람이 없을 거라고 판단해 오는 것도 있고 주말엔 쉬니까.

고생이 많은 것 같다.

팀내 발생한 일은 알아야 하니 그런 점에서는 힘든 점이 있다.

두 개 팀으로 나눈 이유가 있나?

없다. 업무상 분장이 아니라 말 그대로 교대로 근무하기 위해 분장하는 것. 하는 일은 똑같다.

지금 바빠 보여서 나중에 한 번 더 찾아오겠다.

17:00

동작경찰서 수사지원팀

별관이 생각보다 깨끗하다.

새로 지은 건물이라. 의경도 여기 머물고 경제팀이 여기 있다.

지하에 있어서 불편한 건 없나?

괜찮다. 딱히 불편하거나 그런 건 없다.

수사지원팀이랑 수사과장이랑 같은 공간에 있는 것 같다.

그렇긴 한데 지금 부재중이시다. 회의가 잦아 바쁘시기도 하다.

언제 오시는지?

자세한 건 모른다. 곧 오실 수도 있다. 이따 한 번 더 찾아와서 인사드리면 될 것 같다.

19:00

동작경찰서 교통조사계 형사

날씨가 많이 선선해졌다. 옷이 가벼워진 것 같은데.

날씨는 좋은데 3교대라 힘들다. 24시간 근무가 만만치 않다. 내일 정오까지 일해야 하는데 피로가 확 쌓이는 것을 느낀다. 퇴근하기 전에 지하에 가서 샤워를 한다. 안하면 지하철에서 사람들이 웬 노숙자를 보는 것처럼 쳐다본다. 샤워는 꼭 해야 한다.

3교대라 익숙해지는 데 힘들겠다.

10년 넘게 형사생활 했는데 찬물 더운 물 가릴 때인가.

교통사고는 좀 많나?

택시랑 버스, 오토바이가 많다. 택시 기사들이 무서운 걸 모른다. 사고 나도 어차피 일 년에 서너 번 특사로 기록이 말소되니까 겁이 없다. 제도상 문제가 있다고 본다. 이러니까 사고 나도 그런가 보다 하는 거 아닌가. 보험 가입했으면 보험회사끼리 싸우게 해야 하는데 경찰서까지 오고 이해가 안 된다.

기자들한테 사건을 잘 안준다.

기자를 대하는 형사들의 태도는 피해자 같다. 방송을 보면 대화한 거 앞뒤 다 잘라먹고 방송에서 원하는 것만 내보낸다. 형사 입장에서는 뒤통수를 강하게 얻어맞은 건데, 기자를 보면 어떤 생각이 들겠는가. 그래서 형사들이 기자를 적대하는 거다. 이번에 모 방송사에서 반성 좀 했던데 이 기회에 많이 바뀌었으면 한다. 형사가 무조건 기자를 싫어하는 게 아니다. 다 그런 경험이 있어서 그런 것. 그래도 앞에서 얘기 좀 듣고 살갑게 물어보면 또 말해주기도 한다. 물론 물어보기 전에 많은 정보를 알고 있어야 한다. 기레기니 뭐니 요새 그런 말이 떠도는데 이제 좀 반성도 했으니 더 좋아지지 않겠는가.

21:00

- 금천경찰서 입구, 서로 싸우는 남성들 발견. 서로 상대방이 때렸다며 욕설과 고성. 경찰들이 뜯어 말림. 20분 동안 실

랑이를 벌이다가 형사과 안으로 들어감. 데스크에 물어보니 "조사 중인 사건을 어떻게 알려주냐"며 "나가시라"고 함.

- 교통조사계 앞에 택시가 세워져 있고 한 남성이 담배를 피움. 말을 걸었으나 "아무 일도 아니"라며 "신경쓰지 말라"고 함. "어서 들어가 봐야겠다"며 택시 타고 경찰서 밖으로 나감.

22:00

- 관악경찰서 형사과 사건 청취.

23:00

- 금천경찰서 형사과, 여전히 알려줄 수 없다고 함.
- 관악경찰서 택시비 사건 청취, 입간판 문제로 시비건 청취.

04:00(5월 22일 새벽)

- 동작경찰서 교통조사계 사건 청취.
- 금천경찰서 형사과 내 소란 알아보기 위해 대기, 교조계.
- 관악경찰서 형사과 앞 오가는 민원인 체크 위해 대기, 교조계.

06:00

- 관악경찰서 앞 주취폭행 관련 민원인 발견, 친구들이 사건 당사자 기다리는 중. 대화 거부.
- 금천경찰서 교통조사계 앞 민원인 대기실에서 남성 발견, 집회시위 관련 순서 기다리는 중.

6월 3일

09:00

경찰 상담 산말 연구회

어떤 일을 하는 곳인지?

민원 현장에서 민원인의 관점으로 민원응대 기법을 연구하는 곳이다. 민원인을 이해하고 정성을 다해 모신다는 자세로 어떻게 하면 민원인을 잘 대할 수 있는지, 그분들의 아픈 마음을 달래고 치유할 수 있는지 등을 연구하는 곳이다.

언제 세워졌는지?

2009년 공식적으로 세워졌다.

어디 산하 조직인가?

경찰청 현장연구모임에 등록되었다.

산말의 뜻은?

매뉴얼적 대화를 1단계라 하고 코칭하는 대화가 2단계라면 케어하는 대화가 3단계이다. 마지막 단계로 가기 위한 대화를 해야 하는데 즉, 겉말, 속말, 옛말을 다 할 줄 알아야 산말을 할 수 있다. 겉말은 사건의 겉만 보는 것을 말하고 속말은 사람의 내부를 보는 것이며, 옛말은 과거를 보는 것인데 간단히 말하면 부모님의 배경이나 그런 것들을 보는 것을 말한다. 이 정도 봐줘야 사람 살리는 산말을 할 수 있다고 본다. 정리하면 살아갈 방향을 제시하는 '사람을 살리는 말'을 의미하며, 스스로도 몰랐던 자신의 긍정적인 능력을 찾아가도록 돕는 과정을 말한다.

언제부터 이 연구회의 회장을 했었나?

2009년부터 회장을 했다.

자체자금으로 운영하기 힘든 면이 있다. 안행부에서 지원한다고 들었는데 충분한가? 얼마인가? 어떻게 운영하는지?

매년 연구회 평가를 해서 주는데, 많이 줘야 연간 150만 원 정도다. 어떤 때는 80만 원 정도 준 적이 있다. 이건 연간 기준이다. 그래서 회비를 걷는데 1년 회비가 10만 원 정도다. 턱없이 부족하다.

사또 모임이라는 게 있던데 어떤 건지? 자주 하는지? 회원들의 참여는 최근 어떤지?

둘목 사또라 해서 두 번째 목요일 네 번째 토요일을 줄여서 그렇게 부른다. 두 번째 목요일 저녁과 토요일 오전10시~13시까지 모임을 갖는다. 많게는 60명 평소 25명 정도 참여한다.

모임에서는 주로 어떤 주제로 회의를 하는지?

청자의 경청 태도도 중요하지만, 화자의 경청 태도도 중요하다는 관점으로 가르친다. 보통 상담은 경청만 가르치곤 하는데, 우리는 화자로서의 자세도 가르친다.

멤버는 모두 경찰인가?

아니다. 경찰도 있고 경찰행정관도 있으며 교육공무원도 있는 등 다양하다. wee센터에서 직접 상담하시는 분도 있다. 석박사도 많다. 이미 다른 학문에서 박사학위를 딴 사람도 심리학 학부를 다시 한다. 나만 해도 병원안전학 박사를 받았고 심리학만 14개 라이센스를 가지고 있다. 그래도 부족하고 한계가 있다.

17:00

서울 남부지법 공보판사실

- 통장 위조해 600억 원 있는 것처럼 속여 6천만 원 뜯어감.
- 은행통장을 위조해 600억 원의 예금이 있는 것처럼 속여 6천만 원을 빼앗은 50대에게 실형이 선고되었음.
- 서울 남부지방법원은 씨티은행의 통장을 위조해 600억 원의 예금이 있는 것처럼 잔액란을 기재한 후 통장을 대여해 주는 대가로 6천만 원을 받은 조모(50) 씨에게 징역형을 선고한다고 지난 5월 29일 밝힘.
- 조 씨는 지난해 1월 29일 서울 동대문구 신설동에 있는 한 피시방에서 통장 거래명세의 각 항목란에 들어맞도록 투명 용지를 기입해 출력한 다음, 통장에 덧붙이는 방식으로 통장을 위조했음.
- 이후 조 씨는 피해자 최모(40) 씨에게 통장을 보여주었고, 600억 원이 있다고 믿은 최 씨는 통장을 대여해 주면 6천만 원을 줄 것을 조 씨에게 약속함.
- 최 씨는 조 씨에게 6천만 원을 약속대로 주고 조 씨는 위조된 통장을 건네줌.
- 법원은 조 씨에게 동종전과가 있고 수법이 교묘하여 징역 1년 6개월의 실형을 선고한다고 밝힘.

21:00

- 강서경찰서 형사3팀 교통조사계.
- 영등포경찰서 형사3팀 교통조사계.
- 영등포경찰서 중앙지구대.

23:00

- 구로경찰서 형사3팀 강력6팀 교통조사계.
- 영등포경찰서 대림지구대.

24:00

- 양천경찰서 형사1팀 강력6팀 교통조사계.

언론이 진실을 보도하면

국민들은 빛 속에서 살 것이고,

언론이 권력의 시녀로 전락하면

국민들은 어둠 속에서 살 것이다.

•

김수환 추기경

신문을 읽는 것은

현대인에게

아침 기도와도 같다.

•

헤겔